八闽景物竞天乐

何泽中 著

海峡出版发行集团
THE STRAITS PUBLISHING & DISTRIBUTING GROUP
福建美术出版社

图书在版编目（CIP）数据

八闽景物齐天乐 / 何译中著. -- 福州 : 福建美术出版社, 2017.12

ISBN 978-7-5393-3737-1

Ⅰ. ①八… Ⅱ. ①何… Ⅲ. ①诗词－作品集－中国－当代 Ⅳ. ①I227

中国版本图书馆CIP数据核字(2017)第283747号

八闽景物齐天乐

著　　者：何泽中
出 版 人：郭　武
责任编辑：卢为峰　蔡晓红
出版发行：海峡出版发行集团　福建美术出版社
社　　址：福州市东水路76号16层
邮　　编：350001
网　　址：http://www.fjmscbs.com
服务热线：0591-87620820（发行部）　87533718（总编办）
经　　销：福建新华发行（集团）有限责任公司
装帧设计：九赋文化
印　　刷：福建省金盾彩色印刷有限公司
开　　本：889×1194mm　1/16
印　　张：13.5
版　　次：2017年11月第1版
印　　次：2017年11月第1次印刷
书　　号：ISBN 978-7-5393-3737-1
定　　价：98.00元

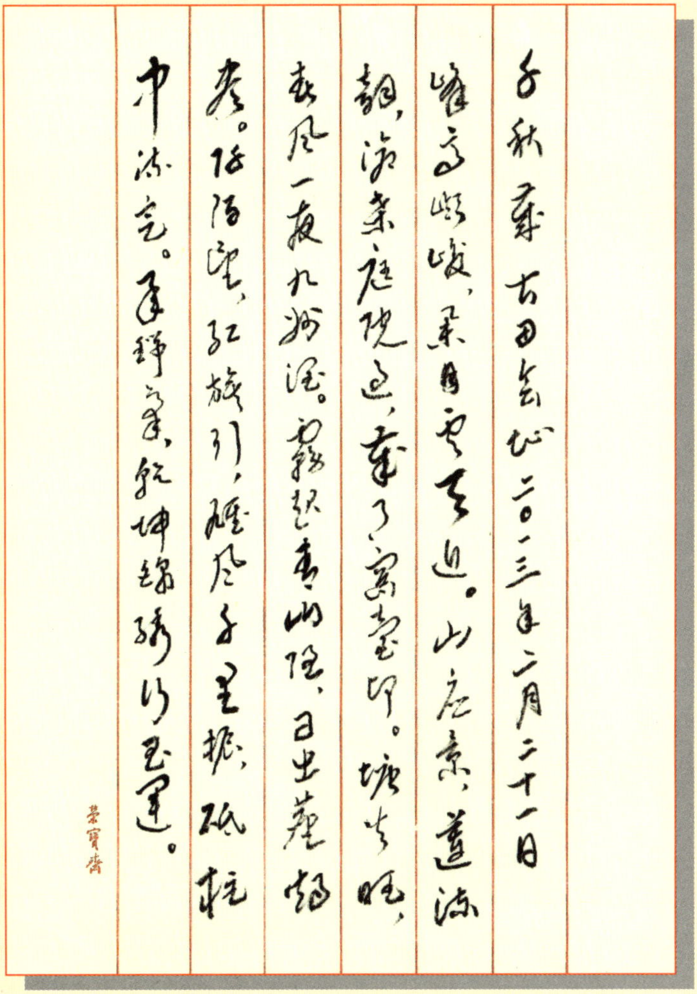

作者词稿

目录

CONTENTS

序

闵凡路

何泽中诗词集即将付梓出版。朋友将书稿放到我的面前，嘱我为之作序。

我与何泽中同志并不相识，是在《中华辞赋》选他作诗赋人物时，读了他的诗词，才认识了这位诗人，大检察官，佩服这位从事政法工作的领导干部有如此深厚的诗词功底和情怀。

如今，翻阅何泽中诗稿，被他那清新自然的诗风所吸引。在那吟诵福建绮丽壮阔的山水名胜的诗行中，感受到诗人对这片土地的一往情深。

诗人本来是湖南人，由于任职福建省检察长而工作生活在福建。这里成了他的第二故乡。他走遍了闽南闽北，城市乡村，钟情于那一处处山山水水，放怀高歌，诗如泉涌，结成了这个集子。

何泽中的诗词，用清词丽句、诗情雅意把读者带到那遥远的如梦如幻的诗境。你看《人月圆•云水谣》："古榕老宅炊烟绕，袅袅向群山。重峦穿越，天涯海际，飘落瀛寰。 小桥流水，前溪石道，梦在渔湾。云霞依旧，初心不改，怀远回还。"《望海潮•鼓山》下阕咏道："苍山碧海渔村，集山光水色，风物人文。仰止亭中，回龙阁上，几多坐悟怀真。环宇净无尘。石刻于斯盛，今古乾坤。总是千红万紫，揽得四时春。《水调歌头•福建土楼》把古民居土楼群写得如诗如画："望眼峰峦秀，景色画中观。山边溪畔林际，翠岭起炊烟。大小方圆各异，高矮参差有序，何物撒人寰？天落青花碟，沟壑叠秋莲。"这些诗展现在我们眼前的，是一幅幅绚丽多姿的山水画。这就叫诗是能言画，画是无言诗。

诗以象描情，以情言志。诗人何泽中的笔下，亦有大气磅礴的壮怀诗。在青山绿水间，先烈墓碑前，尽情挥洒自己对英雄的缅怀与崇敬。如在《鹧鸪天•谷文昌陵园》中，有这样的诗句："山海相连一碧空，魂归绿岛翠林中。木麻黄染丹心血，不老青松秃岭峰。　无长物，只春风，丰碑永立共葱茏。每逢佳节追思泪，先祭谷公后祭宗。"《西江月•瞿秋白纪念碑》一词，是作者对秋白同志英勇就义的浩叹："罗汉松涛呜咽，哀鸣十里山冈。几多余话正铿锵，国际悲歌雄壮。共仰丰碑血色，高墙榴火朝阳。青山不老尽芬芳，红了汀江一向。"

这些诗，有情，有味，有一种浩然之气。

在《古田会址》《长汀古城》《绝命后卫师》等诗词中，作者祭悼先烈，寄托哀思，抒发感慨，悲壮中充满催人奋起的力量。无长物，只春风，丰碑永立共葱茏。

我也曾几次到过福建，还曾在赣闽边界的赣东农村劳动下放一年，对福建的山水风土有所了解。读了何泽中诗词集，更加深了思慕之情。何诗是一部对祖国锦绣河山充满爱恋，对八闽大地饱含真情的好作品。诚可谓集八闽之奇景，吟人间之正气。

在何泽中诗词集出版之际，我祝他事业长青，诗心长健，收获更多优美的诗章。

2017年9月1日于北京

（作者为新华社原副总编辑，《中华辞赋》总编辑）

八闽景物齐天乐

千秋岁

古田会址[1]

2013年2月21日

峰高岭峻，举目云天近。山应景，莲流韵，沧桑庭院过，岁月窗台印[2]。塘火旺、春风一夜九州润。

雾起千山隐，日出尘烟尽。阡陌望，红旗引，雄风千里振，砥柱中流定。承瑞气，乾坤锦绣行昌运。

【注释】

① 古田会址，位于福建龙岩上杭县古田镇溪背村廖氏宗祠。廖氏宗祠又名万源祠，1917年改为“和声小学”，1929年更名为“曙光小学”。1929年12月28日至29日，红四军第九次代表大会在此召开，一致通过毛泽东主持起草和为大会所作的《红军第四军第九次代表大会决议案》（又称古田会议决议）的报告。古田会议是我党我军建设史上的重要里程碑，《古田会议决议》是中国共产党和红军建设的纲领性文献。古田会议旧址群，列为第一批全国重点文物保护单位，古田为国家5A级旅游景区。

② 山应景，古田会址廖氏宗祠背后的社下山景色。莲流韵，古田会址廖氏宗祠前面的荷花池。

西江月
瞿秋白纪念碑[1]

2013年3月3日

罗汉松涛呜咽，哀鸣十里山冈[2]。几多余话正铿锵，国际悲歌雄壮[3]。

共仰丰碑血色，高墙榴火朝阳[4]。青山不老尽芬芳，红了汀江一向。

【注释】

① 瞿秋白纪念碑，位于福建龙岩长汀县城罗汉岭，1982年5月建。瞿秋白（1899～1935），江苏常州人，中国共产党早期主要领导人之一，1935年6月18日，瞿秋白在长汀县城罗汉岭英勇就义。

② 罗汉，罗汉岭。

③ 余话，瞿秋白临终前所写《多余的话》。国际悲歌，《国际歌》，国际歌最早由瞿秋白翻译，瞿秋白在就义前高唱国际歌。

④ 高墙榴火，国民党关押瞿秋白的庭院墙角有一棵石榴，已有百年树龄，现今枝叶繁茂，花果鲜艳如火。

念奴娇

长汀古城[①]

2013年3月11日

三山环抱，一江碧、两岸烟霞如织[②]。十里城墙连翠岭，古阁楼台耸立[③]。街巷通衢，舟船击楫，商贾东南集。客家首府，尽观闽越春色[④]。

怀古八景遗馨，犹闻酬唱处，余音锋镝[⑤]。武韵文宗，看俊杰、遍地英雄挥戟。建政云骧，红旗征万里，斩荆披棘[⑥]。汀江流远，几多风起雷激。

【注释】

① 长汀古城，位于福建龙岩长汀县城所在地。长汀，古称汀州，至清末，长汀一直是州、郡、路、府治所，是闽粤赣三省古道枢纽，福建西大门。长汀，是国家历史文化名城，长汀革命旧址，列为第三批全国重点文物保护单位，长汀红色旧址群，为国家4A级景区。

② 三山，长汀古城周边的卧龙山、乌石山、拜相山。

③ 十里城墙，汀州城墙，列为第七批全国重点文物保护单位。

④ 客家首府，自西晋永嘉之乱起，中原汉人大迁徙，至唐开元时有近十万人入闽，形成了客家首府。

⑤ 八景，古时长汀景色秀美，有“汀州八景”之称，即龙山白云、云骧风月、霹雳丹灶、拜相青山、朝斗烟霞、宝珠晴岚、苍玉古洞、通济瀑泉。

⑥ 云骧，乌石山云骧亭。1929年3月，在此成立长汀县革命委员会。

齐天乐

太姥山[①]

2013年3月30日

傲然东海凌波起，绵延纵横千里。险岭奇峰，幽崖浚谷，错落峥嵘盘峙。繁枝玉桂，共百草生荣，群山苍翠。鸟逐溪泉，雾珠岚彩透清气。

相传雪芽济世，祖尧封太姥，弘化仁瑞[②]。水有奇香，山无俗石，九鲤晴川如醉[③]。金鸡晓对，正二佛谈经，洞天霞蔚[④]。列岛桑园，更添诗画意[⑤]。

【注释】

① 太姥山，位于福建宁德福鼎市东海之滨，有石景300多个，石洞100多个。2010年列入联合国教科文组织世界地质公园名录，为国家5A级风景区。

② 雪芽济世，相传尧帝时，有一老母在山上种茶种染布帛之蓝草，乐善好施，以手植绿雪芽茶治愈许多麻疹患者，当地尊之为太母，后尧帝封为太姥。

③ 九鲤，九鲤朝天奇石景观。晴川，晴川海滨景点。

④ 金鸡晓对，金鸡报晓石景。二佛谈经，石景之名。

⑤ 列岛，福瑶列岛景区。桑园，桑园翠湖景区。

七　律

西　湖[①]

2013年4月24日

春满西湖月满襟，
松声舞影叠疏林。
卧波玉带无穷意，
帖岸诗题不易心[②]。
堤道原知寒与暑，
楼台历览往和今。
英雄犹在清涟暖，
古堞斜阳鸥鹭吟[③]。

【注释】

① 西湖，位于福建福州市西湖公园。西湖公园至今有1700多年的历史，在晋太康三年（282）郡守严高所凿，五代时期为闽王御花园，清道光八年（1828），林则徐为湖岸砌石，重新修建，1914年辟为公园。

② 卧波玉带，西湖栈道。贴岸诗题，游道旁碑刻。

③ 古堞斜阳，西湖旧时八景之一，1986年以残存的一段旧城墙为基础仿建。

七　律

青云山[1]

2013年4月30日

青云山顶泊青云，
五彩凌空玉叶纷[2]。
龙伏深潭生霁色，
鱼翔浅底荡霞纹[3]。
羚羊洞里泉流急，
淑女妆台燕语闻[4]。
行处风鸣抬望眼，
高岩挂壁吐氤氲[5]。

【注释】

① 青云山，位于福建福州永泰县，景区面积47平方千米，主峰海拔1130米，列为国家4A级风景区。

② 玉叶纷，彩云状。

③ 龙伏深潭，龙潭。

④ 羚羊洞、玉女峰，景点名。

⑤ 挂壁，瀑布。

望海潮
东山岛[①]

2013年6月5日

东山如蝶，绿洲如画，海天一望无边。龙象虎狮，峰峦岛屿，潮生潮落潮观[②]。风动石如磐，罗汉井无犯，千古依然[③]。点点渔船，似鸥犹燕，逐波澜。

鳞光水影金銮[④]。养英雄气概，历久弥坚。御敌抗倭，制夷除匪，同心携手锄奸[⑤]。共守九州安。放眼千村碧，旧貌新颜。万里云帆正举，梦景与时还。

【注释】

① 东山岛，位于福建漳州东山县，地处福建沿海南端，是福建第二大岛。东山岛因地形如蝴蝶，称之为“蝶岛”，又因其生态优美，称之为绿洲。

② 东山全县由66个岛屿组成，东山岛南澳角村自东向南依次排列有四个小岛，各自相距约两千米，状若龙、象、虎、狮。

③ 东山岛古称“铜山”，有一奇石，称之为“风动石”，高4.73米，宽4.57米，长4.69米，重约200吨，风来自动而不坠，故而得名风动石。罗汉井，罗汉泉古井。在东山岛的一个仅有一平方千米的离岛东门屿，有一口被称为“罗汉泉”的“东门圣水”古井，海水不犯井水，任凭涨潮退潮，井水依然清淡，且长年不涸，现在仍供东明寺饮水。

④ 金銮，金銮湾，在岛之东侧，沙滩面积长5000米，宽60至100米。

⑤ 东山岛与台湾一水相隔，在历史舞台上演绎了一幕幕英雄业绩。明朝时发生多次御盗战事，抗击外侵战事，如抗击倭寇、抗击入侵的葡萄牙人、抗击荷兰侵略者、抗击英国侵略者、抗击日本侵略者。抗倭名将戚继光两度登临指挥作战，全歼倭寇。民族英雄郑成功在古城楼操练水师，东征收复被荷兰占领的台湾。1950年，解放东山岛之战，歼灭国民党军队。1953年，东山保卫战，军民携手，男女老少齐上阵，歼灭和赶跑反攻大陆的国民党军队。

西江月

风动石[1]

2013年6月15日

千古东山半岛，遗石天造神雕。吾风可动寇难摇，历劫岿然不倒。

东壁岩礁潮涌，楼台栈道霞飘[2]。花香树影碧云霄，风景这边独好[3]。

【注释】

① 风动石，位于福建漳州东山县海岸铜山，相传为女娲炼石补天遗落，亦传说为天上魁星下凡所化。据《铜山志》云，“风动石，在城内东方，有大石如磐，上峙一石，二丈许，下临深池，半踦半垂，风来自动，或人卧石上推以足亦动，侧不倾，高不危，外有环流，列嶂如黛。”明朝水师提督程朝京诗云，“造化原来只一丸，东封函谷万层峦。天风吹向闽中坠，海飙还能逐势抟。五丁欲举难为力， 一卒微排不饱餐。鬼神呵护谁能测，动静机宜在此观。”据记载，明崇祯六年（1633），倭寇入侵，用绳缆系于风动石，用几艘船拖拉而不坠。抗日战争期间，日寇用军舰也未拉动。风动石景区列为国家4A级旅游景区。

② 东壁，风动石所在位置。明嘉靖五年（1526），巡海道蔡潮题“东壁星辉”四字于磐石之上。风动石右前侧有“魁星楼”，亦称“东壁书院”，后因地震楼废。1982年后，新建了亭台栈道，修复了部分城墙。

③ “风景这边独好”，毛泽东1934年夏所作《清平乐·会昌》一词：“踏遍青山人未老，风景这边独好。”20世纪60年代当地镌刻于风动石上。

七　绝

石牌洋[1]

2013年6月22日

海涌波翻托巨轮，
如行似泊伴星辰。
长风破浪云帆起，
汽笛一声两岸春。

【注释】

① 石牌洋，又名半洋石帆，双帆石，位于福建平潭岛看澳村海面，由一个圆盘状大礁石托着，一高一低两块海蚀柱形成。整个礁石像一艘巨轮，两块巨石形似双帆。高者33米，低者17米。

七　绝

才溪乡[1]

2013年8月8日

红旗漫卷政权新，

百乱疏清大道循。

细察深研三进寨，

才溪一语现星辰[2]。

【注释】

① 才溪乡，位于福建龙岩上杭县。1930年至1933年，毛泽东曾三次来才溪乡调研，并写下了著名的《才溪乡调查》一文，解决了在革命战争年代要不要、能不能建立革命根据地，怎样建立革命根据地的重大问题。毛泽东才溪乡调查旧址群列为第二批全国重点文化保护单位、国家4A级旅游景区。

② 一语，《才溪乡调查》。

七 绝

树槐堂[1]

2013年8月10日

山居世代历沧桑，
天降甘霖濯瘴乡[2]。
唤取军民同办学，
树槐堂上荡春光[3]。

【注释】

① 树槐堂，位于福建龙岩上杭县古田镇苏家坡村，正楼分前中后三进厅堂，后厅为二层堂屋，中后厅左右两侧设有厢房，曾为中共闽西特委机关。1929年10月下旬，毛泽东曾在此居住，并创办“平民小学”，设树槐堂后厅。树槐堂列为第六批全国重点文物保护单位。

② 瘴乡，苏家坡村过去瘴气很重，视为瘴乡。

③ 办学，毛泽东创办“平民小学”。

七 绝

协成店[1]

2013年8月11日

长夜难眠著万言，
星星之火可燎原[2]。
红旗不倒神州舞，
小店澄源固本元[3]。

【注释】

① 协成店，位于福建龙岩上杭县古田镇赖坊村，为客家商人傅光甫1922年建造的商住一体建筑，二层砖木结构。1930年1月5日，毛泽东住在协成店写下给林彪的万言书信，《星星之火，可以燎原》。2006年列为第六批全国重点文物保护单位。

② 万言，毛泽东给林彪的一封信，《星星之火，可以燎原》。

③ 本元，元气，天地万物之本。这里指人之精神，党之生命力。

七　绝

白水洋[①]

2013年8月20日

经年水濯净无沙，
岩底河床锦缎华。
丽日白洋弧瀑逐，
波光潋滟起虹霞[②]。

【注释】

① 白水洋，位于福建宁德屏南县。白水洋属稀有浅水广场，岩石河床平坦无沙，宽处达150米，有近百米折水弧瀑和水上滑道，白水洋·鸳鸯溪列为国家5A级旅游景区。

② 弧瀑，折水弧瀑。

七　绝

百丈漈水帘洞[1]

2013年8月20日

飞流百丈玉虹悬，
似锦如纱挂洞天。
石壁半山人语响，
素帘幽梦越千年。

【注释】

① 百丈漈水帘洞，位于福建宁德屏南县。百丈漈，方言瀑布。瀑布高150米，宽20米。瀑布石壁半山腰有一水帘洞，可容百人不湿身，如在龙宫。百丈漈水帘洞为白水洋·鸳鸯溪景点，列为国家4A级旅游景区。

七绝

鼎潭仙宴谷[1]

2013年8月24日

峡谷深潭并蒂开，
飞云玉液月宫来[2]。
双双鼎食甘泉涌，
日日邀仙宴不回[3]。

【注释】

① 鼎潭仙宴谷，位于福建宁德屏南县鸳鸯溪峡谷。峡中有深潭，潭渊水腾，周边奇石林立，峭壁相夹。鼎潭仙宴谷为白水洋·鸳鸯溪景点，列为国家4A级旅游景区。

② 飞云，瀑布，峡谷溪流处的高瀑飞泻、月门洞开等景点。

③ 双双鼎食，峡谷中的四个如鼎水潭。

水调歌头
翠屏湖[①]

2013年9月7日

一碧千流汇，湖色托青山。万顷明澈如镜，映日照星天。峻岭峰峦迭迭，修竹丛林莽莽，弄影色斑斓。风起云烟绕，雨过彩虹盘。

山环水，水涵岛，岛浮岚[②]。鱼贯穿梭跃浪，鹭向半空旋。处处亭台声起，点点船舟竞发，和谐满人间。坝底迷宫里，浩瀚释欢颜[③]。

【注释】

① 翠屏湖，位于福建宁德古田县东郊，1958年兴建大坝和水电站，水域面积37平方千米，蓄水6.41亿立方，为福建第一大人工淡水湖。

② 翠屏湖系山中之湖，湖中有36个大小岛屿。

③ 坝底迷宫，大坝山中的发电厂。

齐天乐
鼓浪屿[1]

2014年3月23日

浪掀礁石声如鼓，波平海天和煦。日照灵岩，星环皓月，峭壁高崖凝伫[2]。琪花玉树，庇鹭屿成荫，季无寒暑[3]。海上花园，嵌珠绕翠韵千古。

仙洲结庐比墅，一时人气聚，繁华如许[4]。半岛琴声，三山鸟语，冷暖人间谁顾[5]。经风沐雨，叹往事如烟，复兴时与。似艋先行，五龙同起舞[6]。

【注释】

① 鼓浪屿，位于福建厦门思明区，原名圆沙洲、圆洲仔，南宋时称五龙屿，明朝改称鼓浪屿。2017年列为世界文化遗产名录，国家5A级旅游景区。

② 灵岩，2017年列为世界文化遗产名录。日光岩，位于鼓浪屿山顶。皓月，皓月园。

③ 鹭屿，厦门。厦门别称鹭屿、鹭岛。鼓浪屿气候宜人，年平均温为21.2度。

④ 仙洲，鼓浪屿雅称圆洲，比似仙洲。鼓浪屿曾是人烟稀少的荒岛，后多为民房，1843至1902年西方建筑的涌现，再度成为通商口岸后，外国人进入，形成了多种风格，90%为居住建筑。鼓浪屿近代建筑群，列为第六批、第七批全国重点文物保护单位。

⑤ 琴声，鼓浪屿为音乐沃土，钢琴拥有密度居全国之冠，称之为音乐之岛、钢琴之岛。三山，日光岩、笔架山、升旗山。

⑥ 五龙，鼓浪屿曾称“五龙屿”。

水调歌头

福建土楼[1]

2014年4月26日

望眼峰峦秀，景色画中观。山边溪畔林际，翠岭起炊烟。大小方圆各异，高矮参差有序，何物撒人寰？天落青花碟，沟壑叠秋莲。

筑基石，夯生土，固如磐[2]。藏风纳气，青瓦九脊构平安[3]。画柱雕梁布德，垦种习文兴业，聚族共绵延。百鸟和笙笛，相睦越千年。

【注释】

① 福建土楼，福建客家人和闽南人创造的一种用生土夯筑而成的山区居民建筑。现存较完整且有一定规模的土楼5000余座，以方楼圆楼为主。列入世界文化遗产名录，第四、五、六、七批全国重点文物保护单位、国家5A级旅游景点。

② 筑基石，夯生土，土楼墙壁以石为基，生土夯筑为墙。

③ 青瓦九脊，青瓦，青色窑瓦。九脊，独具风格的土楼屋顶，其结构称为九脊顶。

七　绝

辛耕别墅[1]

2014年5月16日

春暖汀江捷报传[2]，
辛耕别墅九州连。
雄才伟略蓝图织，
万里长征赋锦篇[3]。

【注释】

① 辛耕别墅，位于福建龙岩长汀县城水东街。1929年3月红军入闽，为红四军司令部政治部机关，毛泽东、朱德在此居住。列为第三批全国重点文物保护单位。

② 捷报，1929年3月红四军长岭寨战斗大捷并解放长汀县。

③ 蓝图，1929年3月20日，毛泽东在辛耕别墅召开前委扩大会议，提出创建中央革命根据地的伟大战略思想。万里长征，长汀是红军万里长征出发地之一。

七　绝

云骧阁[1]

2014年5月17日

云骧阁上雾迷蒙，
雄越千年似梦中。
霹雳一声龙马醒，
腾空万里藉东风。

【注释】

① 云骧阁，位于福建龙岩长汀县城汀江之畔乌石山。1929年3月，在云骧阁召开了工会、农会各组织代表大会，正式成立了长汀县革命委员会。列为第三批全国重点文物保护单位。

七 绝

乌石山[1]

2014年5月18日

如龙嬉水卧江边，
峭壁苍藤生紫烟。
日出青峰天地照，
山亭高阁聚时贤。

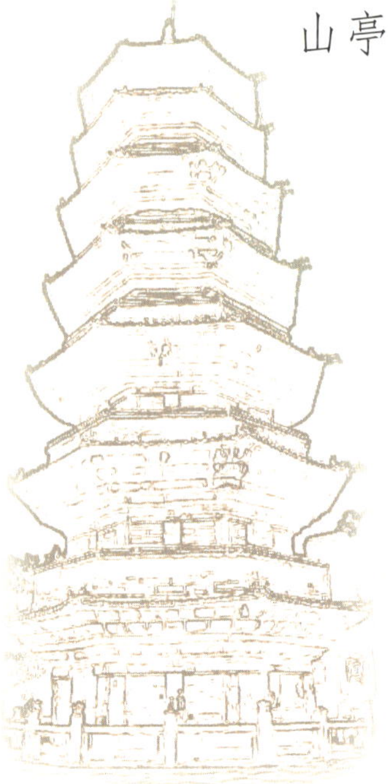

【注释】

① 乌石山，位于福建龙岩长汀县汀江岸边，是卧龙山的一条支脉。

鹊桥仙

榕 树[1]

2014年6月15日

伸枝展叶，遮天蔽日，独木成林叠翠。
如安广厦庇苍生，起风雨、行人比至。

垂须飘发，盘根错节，一脉相连互济。
春来冬去总繁荣，壮心在、长髯不已。

【注释】

① 榕树，高大乔木，福建省1985年确定为省树。福州市称为榕城，1997年确定为市树。

虞美人
安溪铁观音①

2014年7月15日

山岚霞蔚溪茶养，百里清波漾②。家家炉火炒春忙，闽越一时腾起满天香③。

观音托梦延清友，千载人间守④。红边镶叶美如簪，滔水安溪煮茗润东南⑤。

【注释】

① 安溪铁观音，闽南乌龙茶，产于福建泉州安溪县，其制作技艺列为第二批国家级非物质文化遗产名录。

② 溪茶，安溪铁观音茶。

③ 闽越，福建古时称闽越。

④ 观音托梦，铁观音的传说，相传有一老茶农魏荫，爱种茶，信奉观音，每日晨昏必在观音佛前敬茶一杯，数十年不断。后梦见一株茶树，醒后寻之，果然茶树如梦中所见，悉心培育，制作之茶尤似观音，便将其茶名为铁观音。清友，茶之雅称。

⑤ 红边镶叶，铁观音茶叶为红边镶绿叶。

七律

金鸡山[①]

2014年8月27日

晨曦洒在金鸡顶，
霞染相思百鸟鸣[②]。
马尾青松涛似海，
林泉深涧瀑成泓[③]。
梅边石帽龙头化，
榕下书声山谷萦[④]。
更有晋安河水碧，
虚涵翡翠四时清[⑤]。

【注释】

① 金鸡山，位于福建福州市晋安区，面积110公顷，因山形似鸡，故名金鸡山。

② 相思，相思树。

③ 马尾青松，马尾松。

④ 石帽，金鸡山梅林有一大石，形似状元帽。相传此地出状元。龙头，状元之雅称。

⑤ 晋安河，现为福州市最长，流域最大的城市内河，原为郡太守严高修筑“子城”时取土而挖成的一条“城壕”。宋时为了便利于灌溉、排泄和运输，扩展为运河，北接新店溪，南通闽江。

唐多令

马尾船政遗址[1]

2014年10月10日

海阔碧波徊，山高远鸟归。望江亭、马尾凝思[2]。造舰建船洋务起，制夷侮、奈衰微[3]。

炮火似轰雷，船坞化劫灰[4]。十年功、一夕无遗。回首黯然重奋发，复兴梦、尽朝晖[5]。

【注释】

① 马尾船政遗址，又称福建船政遗址，位于福建福州马尾区。清同治五年（1866），马尾船政在福州马尾设立，有轮机车间、绘事院、求是堂等遗址。现辟为福州马尾船政文化遗址群，建有中国船政文化博物馆、昭忠祠等。福建船政建筑，列为第五批全国重点文物保护单位，评为国家4A级中国船政文化景区。

② 望江亭，在罗星山南麓。

③ 洋务，洋务运动，“师夷长技以制夷”。

④ 船坞，马尾船政一号船坞，坐落在福州马尾罗星塔下，长128米，深9.3米。

⑤ 尽朝晖，引自毛泽东《七律·答友人》，“我欲因之梦寥廓，芙蓉国里尽朝晖。”

清平乐

鲤鱼溪[1]

2014年10月16日

峰回水转，鱼贯穿村返。锦鲤满溪凭客唤，搅起一湾波乱[2]。

鳞光金翅争妍，羡鱼嬉戏承欢。老去祭归青冢，紫云瑞气千年[3]。

【注释】

① 鲤鱼溪，位于福建宁德周宁县城西浦源村，在海拔1448米的紫云山下，一溪穿村而过，自宋至今，村民养鲤鱼几千尾，繁衍至今。列为国家4A级旅游景区。

② 鲤鱼温顺，“闻人声而至，见人影而聚”。

③ 鱼死后，进行鱼葬、鱼祭，建鱼冢。2008年，浦源村以鱼冢、鱼葬、鱼祭文三个世界第一，收录吉尼斯年代最久的鲤鱼溪。紫云，紫云山，浦源村位于紫云山下，鲤鱼溪发源于此。

七绝

廉村[1]

2014年10月26日

高风越岭石矶清，
让水廉泉澈底明[2]。
映日照星沉静影，
小溪不老自前行[3]。

【注释】

① 廉村，位于福建宁德福安溪潭镇。

② 石矶，廉村原称石矶津。让水廉泉，源于《南史·胡谐之传》，薛令之为官清廉，唐肃宗将其所居村敕命为廉村，村之溪为廉溪，至今村里还留有一联，“其人为松林翠柏，所居邻让水廉泉。”

③ 小溪，流经廉村的小溪，后称之为廉溪。

诉衷情

木兰溪[1]

2014年10月30日

木兰入海向东流，夹岸送春秋。兴衰更替繁衍，千载乐与忧。

花瓣盛，荔枝稠，记心头[2]。水盈潮长，夕往朝来，欲去还留[3]。

【注释】

① 木兰溪，位于福建莆田市，自西北向东流经仙游、城厢、荔城、涵江等县区，至三江口注入兴化湾入台湾海峡，全长105千米。

② 花瓣盛，木兰溪的传说。先贤郑露“开莆启学”奉诏入仕，乡亲们为之送行，以所喜爱的木兰花瓣洒在船头和溪水之上，以示感念其开化之贡献。荔枝稠，荔枝多。自古莆田流传着种荔枝的故事。莆田自唐种植荔枝，至今还有一棵1200年的宋家香古荔树。莆田别称荔城。郭沫若诗曰，“荔城无处不荔枝，金覆平畴碧覆堤。”

③ 木兰溪入海，有26千米为感潮河段，受潮水的影响，潮涨潮落，水去水来。

七 律

九龙谷[1]

2014年11月16日

万木葱茏百鸟鸣，
玉珠五漈碧潭惊[2]。
青峰蓝影湖光色，
素壁苍姿夏雨声。
九鲤化龙祥瑞至，
神龟朝圣福缘生[3]。
荔枝橄榄枇杷熟，
花果飘香一谷情[4]。

【注释】

① 九龙谷，位于福建莆田城厢区常太镇莒溪。森林覆盖率达95%，列为国家森林公园和国家4A级生态旅游景区。
② 九龙谷有五漈瀑布等，有潭湖。
③ 九鲤化龙，神龟朝圣，景点名称。
④ 九龙谷针阔混交，花果林木颇多。

庆春泽

九鲤湖[1]

2014年11月29日

林木葱茏，山岩竞秀，宛曲湖岸参差。一碧烟波，石泉溪瀑千姿。珠帘玉柱五星耀，共将军九漈齐飞[2]。响如雷，鸟或惊鸣，人或惊疑。

谷深水击回声应，料瀛州羽化，多少仙窥[3]。云顶观澜，五亭不舍相离[4]。文人骚客情怀寄，竟无完石刻新辞。几多迷，梦境遗痕，秋报春祈[5]。

【注释】

① 九鲤湖，位于福建莆田仙游县钟山镇，海拔590米。列为国家4A级旅游景区。

② 五星，五星漈。将军，将军漈。九漈，九鲤湖有九漈飞瀑，名曰，雷轰漈、瀑布漈、珠帘漈、玉柱漈、石门漈、五星漈、飞凤漈、棋盘漈、将军漈。

③ 瀛州、羽化，石景。

④ 五亭，建于景区的五个亭子。

⑤ 九鲤湖为祈梦文化发源地，其祈梦程式自唐宋沿用至今，堪称研究我国祈梦文化的活化石。

水调歌头

菜溪岩[1]

2014年12月27日

溪逐山崖远，景自岸边生。飞珠溅玉回荡，雾影接云蒸。冰臼阅年千古，石动犹知心动，霄壁驾云登[2]。纵目碧空尽，待月夜长明。

风声起，水声汩，鸟声鸣。春花烂漫争艳，夏日石晶莹。秋叶层峦尽染，冬景松梅添色，唤取入闲庭。还看昆仑雪，碎玉点云屏[3]。

【注释】

① 菜溪岩，位于福建莆田仙游县菜溪乡。

② 冰臼，菜溪岩冰臼奇观。石动，心动石。驾云登，东南天梯景点。

③ 昆仑雪，菜溪岩景区北部冬天的雪山景象。

五　绝

闽江（二首）[1]

2015年1月6日

其一

潮水朝朝涨，
山风日日新[2]。
观涛惊似雪，
会海一江春。

其二

闽江潮起落，
浪去又回头。
相见犹相识，
归来好泛舟。

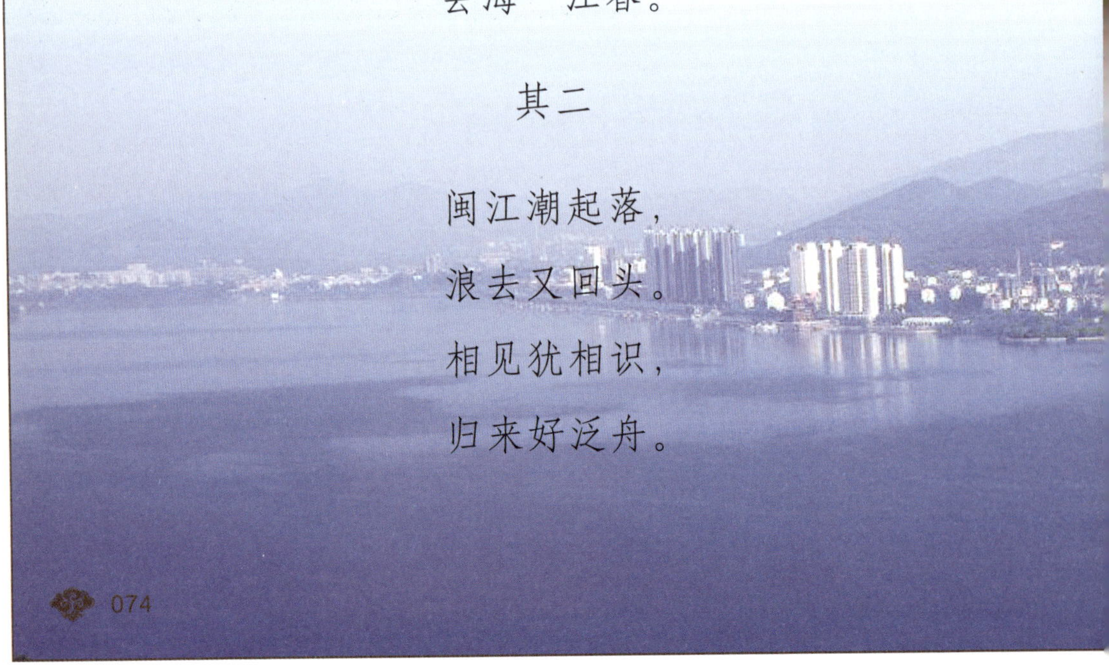

【注释】

① 闽江，福建省最大河流，发源于武夷山脉，富屯溪、建溪、沙溪汇合后称闽江。全长562千米，流域面积60,992平方千米。

② 闽江进入福州市区为下游，每日随海潮涨落来去不已。

七　律

天宝香蕉园[1]

2015年1月8日

群山环绕小平原，
十里蕉香万亩园。
无暑无寒天地造，
得风得雨春秋繁。
骄阳绿叶风流韵，
甘露青牙月养魂[2]。
林语堂前声鼎沸，
九龙江畔祭轩辕[3]。

【注释】

① 天宝香蕉园，位于福建漳州芗城区天宝镇，为著名香蕉产地。此地有天宝山，其盆地为九龙江冲积平原。

② 青牙，天宝香蕉园最优良的香蕉品种，像一弯新月。

③ 林语堂（1895～1976），福建龙溪（今属龙海）人，原名和乐，后改玉堂，又改语堂，中国现代著名作家、学者、翻译家、语言学家，新道家代表人物。林语堂故居在天宝香蕉园内，现辟有林语堂故居。九龙江，又名漳州河，是福建省第二大河流，干流长258千米。

七　律

戴云山[1]

2015年2月7日

险峻雄奇戴紫云，
蟾宫捣药溢清芬[2]。
登峰一望台湾近，
阿里山头隔海闻[3]。

【注释】

① 戴云山，又名迎雪山，海拔1856米，位于福建泉州德化县，2005年国务院列为国家级自然保护区。

② 戴云山是天然绿色宝库，有珍稀林木和60多种中药材。

③ 戴云山主峰与台湾阿里山遥遥相望。

六州歌头

平潭岛[1]

2015年3月2日

千礁百屿，坐海立云天[2]。东之岛，西之澳，北之湾。似龙盘。怀纳江河水，化冰雪，容今古，生万物，横无际，莽桑田。七埔涛声，接五洋波涌，十里沙滩[3]。日照鳞光闪，霞起早潮翻。拍岸千般，尽新颜。

正浮岚动，峰峦秀，岩礁啸，鸟儿旋。探碑屿，寻石厝，抚残垣，吊前贤[4]。借得长虹舞，挥彩练，跨深渊[5]。自贸港，海丝路，济瀛寰[6]。海峡冠洋竞发，麒麟动，梦醒人欢[7]。共彩灯星月，渔火暖炊烟，两岸家园。

【注释】

① 平潭岛，位于福建省东南沿海，俗称“海山”、“海坛”，现设为平潭综合实验区。岛上海水蒸发，常有岚气缭绕，故又称“岚岛”。东濒台湾海峡，距台湾70海里。平潭四面临海，为一孤岛，陆域面积392平方千米，海域面积6064平方千米，为中国第五大岛，福建第一大岛。

② 千礁百屿，平潭礁屿众多，有岩礁702座，大小岛屿126个。

③ 七埔，七大埔。五洋，五大洋，分布于海坛岛上。七埔：芦洋埔、远中洋埔、大澳埔、连九埔、燕下埔、龙凤头埔、七里埔。五洋：上攀洋、巷霞洋、酒店洋、东昆洋、龙凤洋。十里沙滩，海坛湾沙滩，长9.5千米。

④ 碑屿，石碑屿，位于苏澳镇，又称石牌洋、半洋石帆。两石竖立，形如双帆，高者33米，矮者17米，为罕见花岗岩海蚀柱。石厝，位于北厝镇，居民多以石头为砖瓦垒屋，称之为石厝。

⑤ 彩练，平潭海峡大桥。

⑥ 自贸港，2014年国务院批准平潭为自由贸易区。海丝路，海上丝绸之路。

⑦ 海峡，“海峡号”，2011年11月30日开通平潭至台中航线。冠洋，“冠洋大舟一号”，2012年5月18日从台北直航平潭。麒麟，古代传说中的一种动物，象征祥瑞。平潭俯瞰形似麒麟，称麒麟宝岛。

清平乐

鼓 岭①

2015年3月28日

柳杉雾罩，朝夕烟霞道②。观日石台彩云绕，浴风池边谈笑③。

江滨海岸林丛，结庐避暑山中④。宜夏村头攘攘，白云洞里融融⑤。

【注释】

① 鼓岭，位于福建福州市东北部，海拔900米，为鼓山之巅。

② 柳杉，鼓岭柳杉满岭，似松似杉，常绿乔木。岭上有百年柳杉成片，其中有棵称之柳杉王，记载有1300多年历史。鼓岭朝夕云雾弥漫，白天天清气朗。

③ 观日石台，即观日台，鼓岭景点之一。浴风池，明代《八闽通志·地理》记载，“浴风池，在大顶北，唐末有樵者见五色雀群浴于此，后称浴风池。”

④ 鼓岭临闽江通东海，海洋性气候，四时生风，四季生风，山风林风江风海风，清风拂面。结庐避暑，鼓岭自古为避暑胜地，中外盛名。从18世纪起有大量外国人涌入建避暑别墅，最多时达300多栋，还建起了万国公益社。

⑤ 宜夏村，位于鼓岭乡的一个行政村，建有宜夏别墅，至今保存完好。白云洞，鼓岭高崖之处的石洞景点。清代魏杰诗曰，“风清月白秋飒飒，长啸一声岩谷答。洞门无锁老僧闲，云出云归自开合。”

菩萨蛮

旗 山[1]

2015年3月29日

层峦崇岭凝霞曙，绵延起伏如旗舞。松石插云天，林涛卷碧涟[2]。

池泉垂白练，飞泻穿深涧[3]。虹起鸟鸣环，钟声连鼓山[4]。

【注释】

① 旗山，位于福建福州市之西，闽江南岸。山形如旗，故名。

② 旗山奇石峥嵘，且多松树，松生于石缝，名石松。

③ 旗山有天池、地池，称为天地池，为天然泉池，位于大岩顶西面。泉池形成瀑布群，如龙井瀑布、白岩瀑布等。

④ 风吹石鼓声响。钟声，旗山寺庙钟声。旗山古有九庵十八寺。据明代王应山《闽都记》载，旗山寺观鼎盛时，“钟声佛号闻十里，路上行人半是僧”。

七　绝

临江楼[①]

2015年4月14日

雾锁浮桥昨夜霜，
小楼朝对彩云翔[②]。
重阳不老江山固，
处处黄花岁岁香[③]。

【注释】

① 临江楼，位于福建龙岩上杭县临江镇汀江浮桥门，始建于清末，1927年改建为一进二厅、外三层里二层的砖木结构楼阁。1929年10月上旬，毛泽东来到上杭入住临江楼。列为第七批全国重点文物保护单位。

② 浮桥，临江楼前汀江浮桥。

③ 重阳，毛泽东在临江楼所写《采桑子·重阳》一词：“人生易老天难老，岁岁重阳。今又重阳，战地黄花分外香。一年一度秋风劲，不似春光。胜似春光，寥廓江天万里霜。”

五 律

莲花山[1]

2015年4月15日

长空山出岫，
栈道半天悬[2]。
信步穿林影，
凭栏听石泉。
亭台知往史，
草木识时贤[3]。
心逐莲花洁，
登临尽释然。

【注释】

① 莲花山，位于福建龙岩城区中心。

② 栈道，半山腰木栈道，2011年修建。宽3.5米，全长3.8千米，环山一周。

③ 亭台，莲花山上有莲花亭、园通亭、半山亭、致远亭、暖翠亭。亭台有许多传说故事。

念奴娇

冠豸山①

2015年4月18日

丹霞拖地，彩云集、百里连城通邑。石瓣如莲披锦绣，更看红岩赤壁②。玉柱凌霄，圣泉惊梦，翠岛烟波碧③。皇天独厚，怎生人手能画？

传誉先祖皋陶，析疑冠獬豸，廉明刚直④。世范清风，涵瑞气、激荡无边春色。樵唱山房，悠然古阁，文脉连今昔⑤。时和民富，又书千载长册。

【注释】

① 冠豸山，位于福建龙岩连城县，总面积104.67平方千米，丹霞地貌。其山形如古时执法官獬豸之帽，故称冠豸山。连城，简称“莲”，建县于南宋绍兴三年（1133），全县总面积2596平方千米，辖16个乡镇，总人口32.8万。冠豸山列为国家4A级旅游景区。

② 冠豸山座座山形如莲花瓣，故元时冠豸山称之为“莲峰山”，典型地貌有“莲花峰”。

③ 玉柱凌霄，位于冠豸山之谷的丹霞石柱，高达120米、宽30米，称之为“生命之根”。圣泉惊梦，石门湖翠岛崖壁处幽泉之洞穴，称之为“生命之门”，高10米，宽3米，深5米，时有洞泉汩出。翠岛，位于冠豸山之东南，为石门湖之岛，又称凌波山。

④ 皋陶，传说为上古五帝之首黄帝的长子少昊之后裔，被舜帝任命为掌管刑法的法官，以正直闻名于天下。獬豸，古代传说中的异兽，独角。《异物志》载，“獬豸知曲直，狱讼平则至。”皋陶借此析疑。豸冠即獬豸冠，古代法官之帽。

⑤ 冠豸山文化厚重，历代留下了许多楼台亭阁、书院、寺庙、摩崖石刻，有修竹书院、五贤书院、雁门书院、东山草堂、仰止亭、尚友斋、悠然阁、宿云堂、樵唱山房、连城四堡等。如樵唱山房为元时所建。连城四堡是明清两代著名四大雕版印刷基地之一，现保存完好。

减字木兰花

培田古村[①]

2015年4月25日

古林旧宇，历载沧桑风雨伫。暖碧萦溪，笔架奇峰凝翠微[②]。

雕梁斗拱，檐下铺行商贾涌[③]。耕读和恒，阡陌绵延家国兴。

【注释】

① 培田古村，位于福建龙岩连城县宣和乡，始于元朝，盛于明清，房屋为明清建筑。列为第六批全国重点文物保护单位、国家4A级旅游景区。

② 溪，绕村而过的河源溪。笔架，村前笔架山。

③ 檐下铺行，村里千米长街，古时布满铺行，商贾云集。

齐天乐

武夷山[1]

2015年5月1日

丹霞赤壁蓝天净，绿丛碧溪青岭[2]。玉女娉婷，天游飘渺，王者雄风刚挺[3]。林泉竞迸，把九曲盈盈，水鸣山应[4]。雾漫云蒸，架虹铺锦入仙境。

曾经逐鹿问鼎，筑城闽越国，西汉名胜[5]。引领词风，昌兴理学，书院斋堂犹盛[6]。鸿儒留咏，撰题刻摩崖，著书烹茗。独得红袍，松声呼梦醒[7]。

【注释】

① 武夷山，位于福建南平武夷山市南部，总面积约1000平方千米，属世界文化与自然双遗产，列为国家5A级风景名胜区。

② 丹霞赤壁，武夷山为典型丹霞地貌。

③ 玉女，玉女峰。天游，天游峰。王者，大王峰。

④ 九曲，九曲溪。

⑤ 筑城闽越国，1958年在武夷山市兴田镇发掘的西汉时期闽越王城遗址。

⑥ 引领词风，柳永词。昌兴理学，朱熹在武夷山传播理学。

⑦ 红袍，九龙窠大红袍，现辟为观光景点。松声，煎茶声，茶叶之雅称，煮茶候汤待“松声”，即去盖，不老不嫩。金·解元《西厢记诸宫调》卷一：“纸窗儿明，僧房儿雅，一碗松风啜罢，两个倾心地便说知心话。”刘禹锡《西山兰若试茶歌》云：“骤雨松声入鼎来，白云满碗花徘徊。”

临江仙

大王峰[1]

2015年5月3日

一柱擎天雄九曲，更看皇冠金銮[2]。月池台观碧寒泉[3]。林深藏梦境，玉女舞云烟。

屏顶山房刊史籍，结庐笃教栖贤[4]。金龙玉筒洞岩间[5]。幔亭乡宴地，无日不群仙[6]。

【注释】

① 大王峰，位于福建南平武夷山万年宫西侧，雄跨九曲溪口，是进入武夷山的第一峰，又名纱帽岩、天柱峰。

② 九曲，九曲溪。皇冠，大王峰顶状如皇冠。

③ 大王峰顶有天鏊池、通天岩、升真观等胜迹。天鏊池泉水清澈，终年不竭，名“寒碧泉”。

④ 大王峰山顶有云屏山房。清光绪二十六年（1900），崇安南门潘氏在此建“云屏山房”，潘氏三代热衷教育，在此编著、刊印史籍。

⑤ 金龙玉简，相传宋代屡遣使者送金龙玉简投于峰顶石洞，故名投龙洞。

⑥ 幔亭，大王峰左侧幔亭峰，传说武夷君在此宴请乡人，祥云缭绕，群仙降临。

长相思
玉女峰[1]

2015年5月4日

曲溪青，顶髻青，风抚冰肌透骨馨[2]。孤峰玉女贞。

浴潭明，镜台明，印石香梳万古情[3]。隔溪泪眼盈[4]。

【注释】

① 玉女峰，位于福建南平武夷山九曲溪三曲溪南，因其酷似亭亭玉立之少女而得名。

② 曲溪，九曲溪。顶髻，玉女峰顶花卉草木相簇，如玉女头顶之髻鬟。

③ 浴潭，又称香潭，相传是玉女沐浴的地方。镜台，玉女峰东侧有圆石如镜，是玉女的梳妆台，石壁上刻有“镜台”二字。浴潭中有印石和香梳石，相传为大王赠给玉女的定情物。

④ 相传玉女为玉帝之女，驾云出游，被武夷山景色所迷，与武夷大王相爱。玉帝得知，捉拿不归，后被点化成石，即玉女峰、大王峰，分隔九曲溪两岸。

清平乐

天游峰[①]

2015年5月5日

丹崖壁立，直插云霄出[②]。四面奇峰同拱集，九曲溪流不息[③]。

一亭览尽武夷，竹排声里莺飞[④]。山涧飞天溅月，紫霞阁上明迷[⑤]。

【注释】

① 天游峰，位于福建南平武夷山景区中部五曲隐屏山峰后九曲溪北。

② 丹崖，丹霞地貌石岩。

③ 四面奇峰，天游峰顶四面有奇峰。九曲，九曲溪。

④ 一亭，一览亭，为天游峰景点，可尽九曲之盛。

⑤ 山涧，胡麻涧，涧水从妙高台西面一泻而下成雪花泉水景观。溅月，瀑布。紫霞阁，天游峰顶景点。

水龙吟

九曲溪[1]

2015年5月10日

层峦幽谷寒泉，三弯九曲回峰绕。大王玉女，镜台照水，凝溪幻渺[2]。倾尽香潭，隐屏成雾，玉华尤俏[3]。望天游注壑，云窝直下，浪花起，波光耀[4]。

千涧汇流如啸，入龙潭、仙翁垂钓[5]。又观峡洞，沙滩异石，芳洲碧草[6]。竹筏凌波，挥篙织锦，披霞飞棹。扣舷歌互答，晴川一带，正东风笑[7]。

【注释】

① 九曲溪，位于福建南平武夷山脉峰岩幽谷之中，全长10千米，因其有三弯九曲之胜，故名九曲溪。

② 大王玉女，大王峰、玉女峰。镜台，玉女峰东侧圆石“镜台”。传说为大王所赠玉女定情之物。

③ 香潭，玉女浴香潭。隐屏，隐屏峰。玉华，玉华峰。

④ 天游，天游峰，天游峰瀑布。云窝，位于天游峰。

⑤ 龙潭，卧龙潭。仙翁垂钓，仙钓台景观。

⑥ 九曲溪中有异石成景，岸壁生幽洞深壑，两岸有沙滩绿洲，田园村庄。

⑦ 晴川一带，武夷宫前的一曲，亦九曲溪沿溪风光。

鹧鸪天

谷文昌陵园[1]

2015年5月18日

山海相连一碧空，魂归绿岛翠林中。木麻黄染丹心血，不老松青秃岭峰[2]。

无长物，只春风。丰碑永立共葱茏。每逢佳节追思泪，先祭谷公后祭宗[3]。

【注释】

① 谷文昌陵园，位于福建漳州东山县赤山林场。谷文昌，河南林县人。1944年加入中国共产党，1949年随军南下，曾任东山县委书记，1981年病逝。

② 木麻黄，树名，常绿乔木，生长快，耐盐碱，抗风力强，不怕沙埋。谷文昌带领人民群众大力种树，用以防风固沙。木麻黄遍植东山岛，有效防治了风沙。

③ 谷文昌逝世后，人民群众深切怀念他领导东山人民筑建海岛绿色长城。2003年7月10日，习近平总书记在浙江省委十一届四次全体（扩大）会议上讲话时指出，“在福建，带领福建东山人民改造自然社会，变昔日的荒山秃岭为现在的‘国家生态示范县’和‘全省环境最佳县’的谷文昌，现在当地老百姓仍然怀念他，甚至祭祀时也是‘先祭谷公，后祭祖宗’。”

五　绝

鼓岭（二首）[1]

2015年6月11日

阵雨过后，傍晚的鼓岭彩虹飞架，五彩缤纷，煞是壮美。

其一

雨后山如洗，飞虹贯晚空。
青峰辉五色，染尽九天同。

其二

紫气依山起，红霞入眼来。
曾经沧海水，又唤碧云开。

【注释】

① 鼓岭，位于福建福州市晋安区。

临江仙
鼓浪屿郑成功雕像①

2015年6月21日

掼甲顶盔持宝剑，临风踏浪岿然。日光犹逐出征船。凌波挥巨臂，叱咤立云天。

国土岂容夷寇占，挥师东渡台湾。驱荷退敌建家园。忠心明日月，浩气壮河山。

【注释】

① 鼓浪屿郑成功雕像，位于福建厦门市鼓浪屿，1985年立，像高15.7米。郑成功（1624～1662），福建泉州南安人，明末清初军事家，抗清名将，民族英雄。南明永历十五年（1661），率军横渡台湾海峡，翌年击败荷兰侵略者，收复台湾。

更漏子

福州茉莉茶[1]

2015年6月30日

得春风，生夏意，福地争妍竞翠[2]。芽吐绿，萼含芳，柰花嘉木昌[3]。

琼苞竞，窨香茗，花引茶馨犹盛[4]。烹晓露，润心头，玉英盏盏稠[5]。

【注释】

① 福建福州是茉莉花茶的发源地，享誉中外。

② 福地，福州之美称。

③ 柰花，茉莉花之别名。嘉木，茶叶。《茶经》，“茶者，南方之嘉木也。”

④ 琼苞，花之雅称。

⑤ 玉英，花之雅称。

望海潮

鼓 山[1]

2015年8月16日

青峰崇岭，巉岩幽谷，花奇木异林珍。朝雾暮云，光风丽日，还观烟雨氤氲。峡洞满屐痕。泉流涧溪涌，处处清新。绝顶传声，石鼓犹鸣，壮山魂[2]。

苍山碧海渔村。集山光水色，风物人文。仰止亭中，回龙阁上，几多坐悟怀真[3]。环宇净无尘。石刻于斯盛，今古乾坤[4]。总是千红万紫，揽得四时春。

【注释】

① 鼓山，位于福建福州市东南部，闽江北岸，为国家4A级旅游景区、国家级风景名胜区。

② 石鼓，石鼓岩，其形似鼓，每当风雨雷电时，石有声，如鼓鸣。

③ 仰止亭，位于鼓山，建于清乾隆年间。回龙阁，位于鼓山涌泉寺青龙砂南端。

④ 石刻，鼓山摩崖石刻，列为第五批全国重点文物保护单位。

七　律

汀　江[1]

2015年8月23日

汀江南去贯闽西，
直入潮州粤海低。
十万客家同患难，
三千帆影共云霓[2]。
龙门飞瀑承灵气，
乌石环城润稻畦[3]。
铁血忠魂融碧水，
新风古韵满清溪。

【注释】

① 汀江，古名鄞江，发源于福建龙岩长汀县、三明宁化县，流经闽西入粤至南海。史载，“天下水皆东，唯汀水独南”，南在八卦中属“丁”位，“丁”、“水”合而为汀，故改名汀江。

② 十万客家，从中原南迁入闽的十万客家人。三千帆影，汀江航运发达，自古有“上河三千，下河八百”之说，舟楫林立。

③ 龙门，汀江上游庵杰乡涵前村一天然巨洞，江水穿之而过并形成飞瀑，称之为龙门胜景。乌石，乌石山，立于汀江两岸。

南歌子

湛卢山[①]

2015年9月16日

百里林丛密，三峰笔架雄[②]。云封雾绕漫天穹，山涧飞泉鸣鸟和长虹。

冶洞星烟尽，炉池水火空。寒光剑石伴松风，留得湛卢挥起斩顽凶[③]。

【注释】

① 湛卢山，位于福建南平松溪县荣坪乡南，峰高海拔1230米。相传春秋战国时，欧冶子奉越王王允常之命，到此山冶炼天下第一剑——湛卢宝剑，山因剑而得名。

② 三峰，状元峰（剑峰）、湛卢峰、玉女峰。三峰并列，形似笔架。

③ 湛卢山尚有试剑石、剑池、炼剑炉、欧冶洞等遗址。湛卢，湛卢宝剑。

七 律
归宗岩[①]

2015年9月18日

峰屏峦嶂列青空，
峭壁丹崖错落中。
虹影雾光缥缈缈，
花香鸟语乐融融。
泉生岩罅千年涌，
洞出云烟万象穷[②]。
白鹤凌虚天地阔，
仙人对弈步蟾宫[③]。

【注释】

① 归宗岩，位于福建南平建瓯县城北十五千米宜均溪口。

② 景区有石心泉、落珠崖，奇异洞穴极多，突出的有风洞、云洞、蝙蝠洞等。

③ 白鹤，白鹤亭；凌虚，凌虚台。仙人对弈，景点，传说神仙下棋之地。

鹧鸪天

漳江口红树林[1]

2015年10月13日

入海江湾绿共蓝，滩涂十里淡和咸[2]。鸟飞湿地追潮舞，鱼跃林池戏水弹[3]。

花似玉，果如簪，风吹蒂落长泥潭[4]。虬枝曲干丹心在，木榄秋茄养翠岚[5]。

【注释】

① 漳江口红树林，位于福建漳州云霄县漳江出海口，面积2360公顷，2003年6月国务院批准成立国家级自然保护区，是我国北回归线北侧面积最大、种类最多、生长最好的红树林天然群落。

② 入海江湾，漳江入海口。绿共蓝，红树林和海水之色彩。淡和咸，以红树林植物为主处于海陆交界处的湿地生态系统，有淡水，有海水。

③ 鱼跃林池，栖息于咸淡水域的红树林里的跳跳鱼，学名弹涂鱼，可以跳跃一米以上，还可以爬到树枝上去。

④ 果如簪，果实形状。红树林植物果实为胎生，种子在果实内发芽，落入树下淤泥中生根长大成树。

⑤ 丹心，红树林植物体内富含单宁酸，当割开树皮后，其树皮和木材中的单宁酸与空气接触，氧化而呈红色。木榄秋茄，红树林树名。漳江口红树林有树种5科6属6种，如木榄、秋茄、黄槿、桐花树、老鼠簕、白骨壤等。

踏莎行

洛阳桥[①]

2015年10月31日

江水奔腾，海涛怒吼，一桥横架凌渊薮。
踏龙昂首过通途，去舟阔步东西走。

帆影轻舟，春风岸柳，筏基蛎固千年久[②]。
镇风石塔立烟波，关楼亭榭无昏昼[③]。

【注释】

① 洛阳桥，位于福建泉州市洛阳江上，又称万安桥。宋皇祐五年（1053）兴建，嘉祐四年（1059）建成，桥长834米。作为中国第一座跨海大石桥，有海内第一桥之誉，是古代著名跨海梁式石构桥，称之“南洛阳，北赵州”。列为国务院公布的第三批全国重点文物保护单位。

② 筏基，桥梁工程技术，全称“筏形基础”，沿桥梁中线抛大量石块，使江底形成一条矮石堤，然后在桥上建石墩。这种建桥技术直到19世纪欧洲人才开始采用。蛎固，“蛎固基法”，在基石上养殖牡蛎，使之胶结牢固。

③ 镇风石塔、关楼亭榭，在桥头所建塔亭等。

临江仙

九日山[1]

2015年11月15日

东北西峰相拱卫，晋江环拥蜿蜒[2]。林丛掩映石岩盘。麒麟高士顶，一坞白云间。

灵岫仙泉藏淡艳，隐心犹见前贤。祈风舟楫顺风还[3]。览观诗意尽，无石有余闲[4]。

【注释】

① 九日山，位于福建泉州南安市丰州镇，1988年列为国家重点文物保护单位。

② 东北西峰，九日山东西北三峰，其形如钳。东峰又称东台，形如麒麟，又称麒麟山；西峰称西台，又称高士峰；北峰连接东西峰，称北台，三峰环抱成一坞。晋江，流经九日山脚的晋江。

③ 祈风，九日山祈风仪式，但凡船出行，举行祈风仪式，祈求顺风而出，顺风而归。至今有祈风石刻群遗迹。

④ 九日摩崖石刻，列为第三批全国重点文物保护单位。

满庭芳

清源山[①]

2015年11月21日

紫气东来，春风浩荡，草木含翠峥嵘。物随行景，蝶鸟逐花明。髯叟榕荫百载，和崖壮，石像天成[②]。清源梦，无形大象，桃李尽芳馨[③]。

碧霄霞似锦，瑞泉若涌，银瀑如倾[④]。飘渺三峰隐，高处云屏[⑤]。丽日满天风净，抬望眼，一海船行。丝绸路，曾经起始，不绝弄潮声[⑥]。

【注释】

① 清源山，位于福建泉州晋江市。又称泉山，齐云山，为国家5A级风景名胜区。

② 髯叟榕荫，生于老子石像旁的百年古榕。石像天成，清源山老君岩的老子石像。清乾隆年《泉州府志》载，“石像天成，好事者略施雕琢而成。”列为第三批全国重点文物保护单位。

③ 清源，清源山。无形大象，大象无形之意，老子“道”的思想。

④ 碧霄，碧霄岩。

⑤ 三峰，清源山三台山。

⑥ 丝绸路，丝绸之路，泉州为海上丝绸之路起点之一。

五　律

九仙山[1]

2015年12月12日

终年岚雾绕，
洗耳得泉声[2]。
冬雪明青翠，
春花动赤晴[3]。
午时莲欲语，
四角竹和鸣[4]。
天马将军立，
凌云话纵横[5]。

【注释】

① 九仙山，位于福建泉州德化县，海拔1658米，全年有300多天云雾缭绕，列为国家4A级旅游景区。

② 洗耳，九仙山洗耳泉。

③ 冬雪，九仙山每年都有冬雪。

④ 午时莲，九仙山特有的莲花品种。四角竹，九仙山特有的方竹。

⑤ 天马，天马石。将军，将军石。

江城子

寿宁廊桥[1]

2016年2月2日

千峰万壑涧溪横。谷齐鸣，峡同声。一道长虹，贯木拱廊行。叠架构梁墩柱立，铺凤羽，越云屏。

通途天堑喜相迎。舞千乘，乐升平[2]。风雨无危，犹厝似闲庭[3]。碑刻桥铭家国事，谈笑里，月星明。

【注释】

① 寿宁廊桥，现遗存于福建宁德寿宁县的廊桥。据统计，寿宁有65座廊桥。其中木拱廊桥全世界仅存百座，寿宁有19座，被誉为“世界贯木拱廊桥之乡”。木拱桥传统营造技艺，入选联合国教科文组织急需保护的非物质文化遗产名录。

② 千乘，千乘廊桥。升平，升平廊桥。

③ 廊桥，当地称之为厝桥，像房子一样，除通行外，还是人们休憩、纳凉、避风雨、祭祀和民间集会活动的场所。

渔家傲

三十六脚湖[1]

2016年4月6日

港汊参差湖海望，蜿蜒堤岸连青嶂[2]。岩屿石礁浮水上。随日朗，波光山影云心荡。

欲困苍龙豪气壮，观成万亩留珍象[3]。风动石安天地养。江河浪，无穷咸淡无穷量[4]。

【注释】

① 三十六脚湖，位于福建平潭县北厝镇，其湖如三十六只脚伸向湖中。

② 港汊参差，港汊多。三十六脚湖与海相伴，仅隔一片沙滩，一边是湖，一边是海，一边是淡水，一边是咸水。

③ 苍龙，湖中有一礁石，形如龙头，称为龙屿礁，当地有许多传说。观成万亩，三十六脚湖摩岩石刻，为清光绪年间宋廷模所书。平潭岛耕地稀少，宋廷模填湖造田，后工程夭折。有人在“观成万亩”石刻不远处刻刊，“沙开涵固，水涸田增，农欢国裕，岁乐福臻。”以对这一创举之纪念。

④ 风动石，在平潭岛一南一北两岸，有两块风动石，至今屹立湖畔不倒。

望海潮

马江海战场[1]

2016年4月9日

台江波涌，乌江浪滚，奔腾马尾滔滔[2]。环绕塔标，驰流津要，瞬间浩渺遥遥。惟见雨潇潇[3]。炮台觅旧迹，烽火烟销。废址船坞，似闻鸣笛，失云霄[4]。

腥风血雨飘摇。叹惊涛拍岸，外敌尘嚣。积弱受辱，积贫岂胜？舍生欲息狂飙。勇士独雄豪。国强军威壮，还看今朝[5]。四海风帆齐举，万里任翔翱。

【注释】

① 马江海战场，位于福建福州马尾港。马江海战，是中法战争中的一场战役。清光绪十年（1884），法国远东舰队司令孤拔率侵略军闯入福建马尾港，攻击我国军舰。清军主将弃舰而逃，福建水师各舰将士自发应战，最终全军覆没，导致中国东南沿海与台湾海峡海权拱手让给法军。马江海战炮台、烈士墓及昭忠祠，列为第四批全国重点文物保护单位。

② 台江、乌江，闽江至福州市南台岛分南北两支，北支称“白龙江”或“台江”，南支称“乌龙江”或“乌江”，两支至马尾区罗星塔复合为一，称“马江”，折向东北流出琅岐岛注入东海。

③ 塔标，罗星塔，位于福州市马尾区南部的闽江之滨，是国际公认的航标、闽江门户标志，有“中国塔”之誉，列为第七批全国重点文物保护单位。

④ 船坞，马尾船政一号船坞，坐落在福州马尾罗星塔下，长128米，深9.3米。是马尾福建船政建筑群之一，建于清光绪十九年（1893），是当时世界上第二大石船坞，也是亚洲太平洋地区最大的船坞。

⑤ 还看今朝，引自毛泽东《沁园春·雪》，“俱往矣，数风流人物，还看今朝。”

人月圆

平潭石厝[1]

2016年4月10日

山涯海角波涛滚，夜半起狂风。石墙石瓦，顶风避雨，几多从容。

沧桑变幻，乡愁依旧，石厝曈曈。南坛鳞次，东庠栉比，云里心中[2]。

【注释】

① 平潭石厝，福建平潭岛居民用石头砌成以防风抗浪的房屋。
② 南坛，南坛湾。东庠，东庠岛。

满庭芳

南溪书院[①]

2016年4月13日

笔架文山，天湖化墨，挥毫千古公山[②]。观书弘道，推本始怀源[③]。半亩方塘影碧，清如许，活水渊泉[④]。观濂洛，香樟古井，紫气绕朱栏[⑤]。

平生求物理，精微广大，循道其间[⑥]。更知行合一，德望绵延。讲学兴文布教，书院盛，隽语箴言。中兴梦，而今正现，大道在人寰。

【注释】

① 南溪书院，位于福建三明尤溪县城南。朱熹在此诞生。1253年，宋理宗赐额“南溪书院”。现辟为朱子文化园，列为国家4A级旅游景区。朱熹（1130～1200），世称朱文公，祖籍江西婺源。

② 文山，南溪书院之南的文山。公山，南溪书院之北的公山。天湖，公山上的湖，名为天湖。

③ 南溪书院有“观书第”“弘道亭”。

④ 半亩方塘，建于书院内，朱熹作《观书有感》曰，“半亩方塘一鉴开，天光云影共徘徊，问渠哪得清如许，为有源头活水来。”

⑤ 濂洛，塘上濂洛桥。香樟古井，院内的香樟和古井，据传香樟为朱熹手植。

⑥ 朱熹为中国理学集大成者。

七　绝

田螺坑土楼[1]

2016年4月30日

群楼竹掩半坡间，
内筑为方外四环。
守正求圆和气脉，
步云应瑞乐青山[2]。

【注释】

① 田螺坑土楼，位于福建漳州南靖县书洋镇上坂村。由一幢方楼和环绕四周的三幢圆楼及一幢椭圆楼构成，均为三层。称之一方四圆，戏称“四菜一汤”。此楼始建于清嘉庆元年（1796），最后一幢文昌楼建于1966年。

② 步云，步云楼，为中间一幢方楼。三幢圆楼为振昌楼、和昌楼、瑞云楼。一幢椭圆楼为文昌楼。

七绝

振成楼[①]

2016年5月1日

两环相绕筑同心，
天地人和古与今[②]。
背靠青山前接水，
始怀耕读纪忠箴。

【注释】

① 振成楼，位于福建龙岩永定区湖坑镇洪坑村。此楼建成于1912年，为圆形两层两环楼。

② 两环相绕，振成楼为两环圆楼。天地人和，振成楼外环楼有天地人三个大门。

七　绝

安贞堡[1]

2016年5月2日

顺势方圆逐次高，
精雕细作筑坚牢[2]。
丛林绿掩千人堡，
百载风烟守德操[3]。

【注释】

① 安贞堡，位于福建三明永安市槐南镇洋头村，建于清光绪十一年（1885），历时14年完工，占地面积一万平方米，建筑面积5800平方米。列为第五批全国重点文物保护单位。

② 安贞堡前部呈方形，后部为半圆形，依山而建，逐次增高。

③ 堡内有房间368间，可供近千人居住。

七律

三都澳[1]

2016年5月21日

五邑咽喉接海天，
岛礁澳屿彩云旋。
巨轮港阔千山列，
深水波平万里缘[2]。
烈马奋蹄扬岸石，
鲲鹏展翅起岚烟[3]。
三都浩荡摇空碧，
丽日清晖满舵船。

【注释】

① 三都澳，位于福建宁德市东南，为闽东沿海的出入门户，五邑咽喉，由5个单岛，1个半岛，14个屿，17座礁所组成。

② 三都澳为天然良港，可泊10万吨巨轮。

③ 三都澳峰奇石怪，有烈马回首、鲲鹏展翅、笔架山、螺壳岩等天然景观。

渔家傲

崳山岛[1]

2016年5月22日

独在碧波天地造，惊涛拍岸崳山岛。沧海天湖连浩渺[2]。金阳照，雄姿异彩虹霞耀。

岗岭丘峦奇石老，岩坑涧洞鬼斧巧[3]。珍木异花栖百鸟。虫鸣草，幽蓝苍翠春来早[4]。

【注释】

① 嵛山岛，位于福建宁德福鼎市，古称福瑶列岛，意为福地、美玉，面积21平方千米。

② 天湖，岛上二湖，大天湖、小天湖。

③ 嵛山岛上景点奇异，如海角晴空、蚁舟夕照、南国天山等。岩石景点诸如，红纪洞、千叶岩、古寨岩、大象岩、白鹿坑、白莲飞瀑等。

④ 岛上林木花草茂密，百鸟翔集，还有万亩草原。

七　律

后垅大峡谷[①]

2016年5月22日

临溪峰壁立云边，
峡壑幽深涧水绵。
断嶂巨崖猴影跃，
老林丛灌鸟声穿。
白鹇锦羽栖佳木，
红豆丹心缀碧天[②]。
古道山亭逢远客，
廊桥小憩话丰年[③]。

【注释】

① 后垅大峡谷位于福建宁德周宁县礼门乡，峡谷长25千米。

② 白鹇，鸟名，形似鸽，翅、尾多为白色，多聚栖于峡谷大树之上。

③ 后垅大峡谷沿岸有保存完好的古道、古亭、古寨、古廊桥。

点绛唇

于山[1]

2016年6月18日

古木参天，亭台塔阁依山翠。六鳌灵瑞，独揽蓬莱寄[2]。

平远班师，勒国魂雄伟[3]。风云霁，海宁波止，万象林中起[4]。

【注释】

① 于山，又名九仙山，位于福建福州市城中。山上摩崖石刻及造像列为第七批全国重点文物保护单位，为国家4A级风景区。

② 六鳌，状元峰六鳌古迹，揽鳌亭、倚鳌轩、应鳌石、接鳌门、步鳌坡、耸鳌峰。蓬莱，于山蓬莱阁，此阁原名复亭，后为纪念戚继光改为蓬莱阁，戚继光乃山东蓬莱人。

③ 抗倭英雄戚继光大败倭寇，班师回浙江，在于山平远台为其践行，并勒石记其功，后建戚公祠。1933年爱国将领蔡廷锴重建平远台，并书“国魂”刻石。

④ 万象，万象亭，亭侧有一古榕，榕石相拥，姿态万千。

菩萨蛮

乌　山[1]

2016年6月19日

东峰峻峭西峰陡，苍松映石乌山秀[2]。千仞入凌霄，耳边闻海潮[3]。

驱倭豪气留，种薯德馨久。经世历春秋，观亭乐与忧[4]。

【注释】

① 乌山，又名乌石山，位于福建福州市中心南门。山上摩崖石刻及造像列为第七批全国重点文物保护单位。

② 乌石山分东峰和西峰。

③ 凌霄，凌霄台，为乌山的最高点。蔡襄诗云："峭拔几千仞，独高四无邻。"

④ 乌山东峰道山亭西建有黎公亭和先薯亭。黎公亭为纪念抗倭将领黎鹏举而建。黎鹏举在明嘉靖三十七年（1558）率水军于马尾罗星塔及闽安镇一带与倭寇血战，大歼顽敌。先薯亭，为纪念引种和推广番薯的华侨陈振龙而建。明万历年间，陈振龙冒险从菲律宾引进番薯，解决闽之缺粮问题，并著有《金薯传习略》。

鹊桥仙

玉华洞[①]

2016年7月30日

窟深石秀，光华玉洁，洞洞相通相迭[②]。
幽泉道道水环流，应留住、桑田不竭[③]。

冲天石笋，悬空钟乳，处处凛然凛节[④]。
峡风习习夜无寒，见本色、身心透澈[⑤]。

【注释】

① 玉华洞，位于福建三明将乐县城南，是福建最大的石灰岩溶洞，长6千米，宽5至30米，高10至60米,洞内石光清如玉。列为国家4A级旅游景区。

② 玉华洞有5个层洞，层层相连，洞洞相接。

③ 洞内有三支泉水。桑田，洞内仙人田景点。

④ 洞内石笋、钟乳如玉湿润，石景诸如渴龙饮水、苍龙出海等近百处。

⑤ 风从前洞口“扇风”而入，至后洞口“五更天”而出，终年习习。

五律

天鹅洞[①]

2016年7月31日

钟乳如鸿鹄，
高翔在半空[②]。
湖潭沉静影，
翅翼舞清风[③]。
石笋摇涟浪，
峰峦起雾蒙[④]。
天开幽奥洞，
一罅月宫中。

【注释】

① 天鹅洞，位于福建三明宁化县城东，列为国家地质公园。

② 钟乳，钟乳石。鸿鹄，天鹅，洞中有钟乳石形似天鹅，倒悬于洞顶，洞由此而得名。

③ 湖潭，洞中天然湖潭，亦称天鹅湖。

④ 洞内天鹅湖中，钟乳累累，石笋林立，峰峦重叠，40米高的石瀑飞泻，水雾缭绕，宛如仙境。

减字木兰花

屏　山[1]

2016年8月6日

屏山如故，闽越王城随水去。欧冶龙池，剑失泉流鸟在啼[2]。

风清海晏，昔日样楼今已换[3]。伫立云端，满目青葱天地宽。

【注释】

① 屏山，位于福建福州市北端。其山形如屏，故称屏山。越王无诸时在山麓建都，故又称越王山。山之北侧有冶山，又名“冶城”。

② 欧冶，欧冶子，相传春秋时冶炼家欧冶子在此炼剑，故名剑池。龙池，在屏山西麓龙腰山之“苔泉”。史书记载，屏山有天泉池、饮马池、越王井、七星井、金鸡井等泉池泉井。

③ 样楼，明洪武年间在屏山顶建有作为各城门楼样式的谯楼，名样楼，并称镇海楼，后毁。2006年在原址重建，名镇海楼。

如梦令

漳州八宝印泥[1]

2016年8月27日

漱石枕山依海，经夏历冬无碍[2]。金紫点朱颜，一纸焕然神采[3]。铭诫，铭诫，本色千年犹在。

【注释】

① 漳州八宝印泥产于漳州市，自清代康熙年间创制，历经300多年，其制作工艺列为第二批国家级非物质文化遗产名录。

② 印泥由珍珠、玛瑙、朱砂、麝香等创制，称之为八宝。八宝印泥，“浸水不化，燥天不干，雨天不霉，夏不渗油，冬不凝冻，经久弥新，永不褪色。”

③ 金紫，印章雅称。

七 绝

闽江（二首）[1]

2016年9月25日

其一

闽江独有往来潮，
去去回回夕与朝[2]。
舍得清流融大海，
还收浩瀚共云霄。

其二

夜风鼓岭下洲头，
月落江中逐水流。
人在画船惊锦浪，
渔村灯火照春秋。

【注释】

① 闽江，福建省最大河流，发源于武夷山脉，富屯溪、建溪、沙溪汇合后称闽江。全长562千米，流域面积60,992平方千米。

② 往来潮，闽江下游福州段，受潮水之影响，每日潮涨潮落，来来往往。

七 绝

日光岩[1]

2016年10月29日

天风带日抚灵岩，
水色山光望远帆。
何处宝珠遗孤岛，
凤凰兴会玉宫衔。

【注释】

① 日光岩，位于福建厦门思明区鼓浪屿，俗称岩仔山，别名日光岩。日光岩由两块巨石相倚而立，海拔92.7米，为鼓浪屿最高峰。

七　绝

白城沙滩①

2016年10月30日

白城脚下巨礁磐②，
鸥鹭依人弄浅滩。
夕照金沙铺锦缎，
一湾共享海天宽③。

【注释】

① 白城沙滩，位于福建厦门大学南白城脚下，属白城海域。

② 巨礁，沙滩海中一片巨礁。

③ 一湾，沙滩呈半环形。

五律

闽江[1]

2016年11月26日

千里闽江水，
清流出武夷[2]。
三溪穿古越，
一夜入琅岐[3]。
旭日罗星照，
晨曦马尾披[4]。
弄潮东海去，
波涌向天涯。

【注释】

① 闽江，福建省最大河流，发源于武夷山脉，富屯溪、建溪、沙溪汇合后称闽江。全长562千米，流域面积60,992平方千米。

② 武夷，武夷山。

③ 三溪，建溪、富屯溪、沙溪，三溪汇合后称闽江。琅岐，琅岐岛，位于福州市马尾区琅岐镇，闽江入海口，称之为闽江口的明珠。琅岐岛是福建省第五大岛，三面环江，东临大海。

④ 罗星，罗星塔，位于福州市马尾区的罗星山，闽江之滨。为阁楼式七层八角楼，高31.5米，是国际公认的航标、闽江门户标志，有中国塔之誉，登塔顶可观中法马江海战古战场。马尾，位于福州市东南部闽江下游北岸，1884年中法马江海战发生地。

沁园春
三坊七巷[①]

2016年12月3日

接海凭山，跨踞东南，形胜一隅。尽晋唐风骨，城壕通道，明清章法，宅院连衢。七纵三横，左旗右鼓，三现三藏仙境居[②]。谁之手？画桃蹊榕厦，今古宏图。

惯看流阁云舒。见闻处、销烟歌韵余[③]。聚仁人志士，立言著述，英雄豪杰，抗敌捐躯。戊戌忠肝，黄花碧血，民族兴亡家国书[④]。高天净，正繁花似锦，照水红蕖。

【注释】

① 三坊七巷，位于福建福州市中心城区，面积38.35公顷，始建于西晋，完善于隋唐，至明清鼎盛，传统坊巷格局至今基本保留完整，堪称“里坊制度活化石”。现存古民居约270座，以沈葆桢故居、林觉民故居、严复故居等9处典型建筑为代表。三坊七巷列为第六批全国重点文物保护单位和国家5A级旅游景区。

② 七纵三横，三坊七巷纵横交错，由三个坊、七条巷和一条中轴街肆组成，分别是：衣锦坊、文儒坊、光禄坊；杨桥巷、郎官巷、塔巷、黄巷、安民巷、宫巷、吉庇巷和南后街。左旗右鼓，三坊七巷左为福州旗山，右为鼓山，东西对峙。三现三藏，三坊七巷区域里有“三山现，三山藏”之说，三山现为乌石山、越王山、九仙山；三山藏为灵山、芝山、钟山，隐之不见。

③ 销烟，林则徐虎门销烟。林则徐（1785～1850），福建侯官人，居光禄吟台。

④ 戊戌忠肝，戊戌六君子之一林旭。林旭（1877～1898），福建侯官人，居郎官巷。黄花碧血，指林觉民。林觉民（1887～1911），福建闽侯人，居南后街。清宣统三年（1911）参加广州起义被俘，从容就义，史称“黄花岗七十二烈士”之一。

满江红

观电视剧《绝命后卫师》①

2016年12月8日

血染湘江，浩气荡、忠魂不灭②。凌日月、六千子弟，雄风还烈。受命临危担后卫，舍身奋勇冲前列。阻蹑追、信念铸长城，坚如铁。

真父子，同敌决；亲兄弟，枪林越。战新圩肉搏，信丰拼杀③。埋骨江东慷慨义，绞肠郊野坚贞节④。山河咽、悲壮恸苍穹，思豪杰。

【注释】

① 《绝命后卫师》，电视剧，2016年中央电视台一套首播，反映长征期间由闽西六千子弟兵组成的红三十四师作为红军后卫部队，为掩护红军主力突破国民党第四道湘江封锁线浴血奋战的壮烈事迹。

② 湘江，湖南省最大河流。血染湘江，湘江战役，1934年11月27日至12月1日，中央红军在湘江上游广西境内的兴安县、全州县、灌阳县与国民党军激战，强渡湘江，突破了国民党军的四道封锁线。

③ 新圩，新圩阻击战。信丰，信丰河阻击战。

④ 绞肠郊野，师长陈树湘自己绞断肠子，英勇就义。

苏幕遮

寿山石[①]

2016年12月18日

隐青山，藏百瑞。奇石斑斓，水涧田坑里[②]。红白田黄鲜冻荔[③]。春雨桃花，秋色芙蓉醉[④]。

似凝脂，如荟蔚[⑤]。肌理玲珑，骨有冰霜气。刻篆雕龙风物异。种月耕云，妙手承天意。

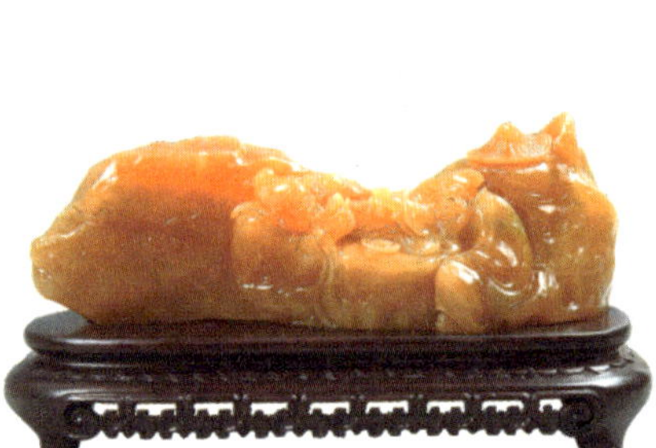

【注释】

① 寿山石，中国传统“四大印章石”之一。分布在福建福州市北郊晋安区与连江县、罗源县交界处的寿山村。经过1500年的采掘，涌现的品种达百种之多。寿山石雕，列为第一批国家级非物质文化遗产名录。

② 水涧、田坑，寿山石在田底、水涧、山洞，田坑、水坑、山坑。

③ 田黄、冻荔，田黄石、荔枝冻。田黄石有红、白等颜色。荔枝冻极似新鲜荔枝肉，故称荔枝冻。

④ 桃花、芙蓉，桃花冻、芙蓉冻。

⑤ 荟蔚，寿山石纹理云雾弥漫貌。

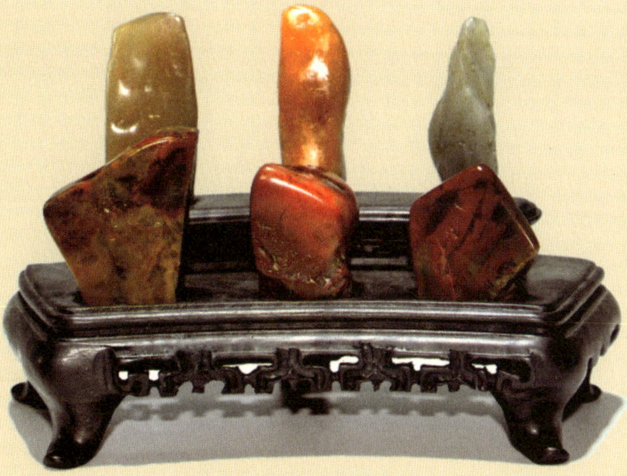

眼儿媚
漳州水仙花[1]

2017年1月24日

多箭繁花满天星，十里玉盘青[2]。岁寒独放，和梅景象，恰似春明。

凌波而立翩翩起，弄影始轻盈。几分素雅，几多馥郁，几许冰清。

【注释】

① 漳州水仙花，产于福建漳州市，是水仙花的一种。水仙花，雅称“凌波仙子”“金盏银台”等，春节时开花。

② 漳州水仙花鳞茎硕大，箭多花繁，叶扁青绿。

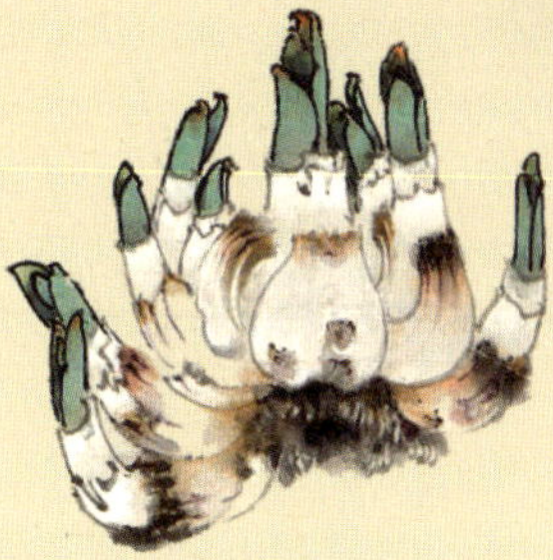

七　绝

佛跳墙[1]

2017年1月29日

隔壁膏香佛跳墙，
闻肴舍戒齿留香。
珍鲜十八坛中熟，
秀色春园共玉觞[2]。

【注释】

① 佛跳墙，原名“满坛香”、“福寿全”，相传清光绪二十五年（1899），福州官钱局一官员宴请福建布政使周莲，令内眷亲自主厨，用绍兴酒坛装鸡、鸭、羊肉、猪肚、鸽蛋及海鲜等18种原、辅料，炆煨而成。有诗人以“坛启荤香飘四邻，佛闻弃禅跳墙来”形容其美味，于是“佛跳墙”便成了此菜正名，距今已有100多年的历史。佛跳墙制作技艺列为第二批国家级非物质文化遗产名录。

② 珍鲜十八，佛跳墙由十八种山珍海鲜放坛中火煨而成。春园，福州聚春园酒楼。相传清末郑春发改进了佛跳墙的制作方法，开设“聚春园”酒楼后，即以此菜轰动榕城，成为闽菜一绝，天下闻名。

鹧鸪天

福州温泉[①]

2017年1月30日

海沸波翻亿万年，闽荒遍野尽温泉[②]。
迸珠溅玉若汤暖，扶正荡邪固本元。
清似露，热如掀，新池古座水潺潺[③]。
澡身浴德神清爽，绣谷春融意坦然[④]。

【注释】

① 福州温泉，福州称之为温泉古都，相传在西晋太康年间就已发现，其分布广，储量大，水温高，水质纯。

② 闽荒，旧时指福建沿海开发较晚之地方。

③ 古座，五代时期福州最初的三口浴池，称之为“古三座”。

④ 绣谷春融，温泉雅称。明代诗人熊鼎《上巳日浴温泉》诗曰，“绣谷春融丹井火，金波月满鉴池莲。”后人遂以“绣谷春融”雅称温泉。

七 绝

大红袍[1]

2017年3月3日

其一 茶山

薄雾轻烟透碧香，
云间百里过茶乡。
山山笑语重重绿，
谁比春风更要忙。

其二 九龙窠

仙骨嶙峋峡壑深，
九龙窠上叠层林[2]。
苍崖嘉木春如梦，
一叶香芽万里心[3]。

其三 茶作坊

片片春心叠翠微，
炒锅揉捻绿云飞。
筛摇火焙提香色，
半碗澄黄日月晖。

其四　品茶

两涧三坑气纵横，
一身岩韵带溪声[4]。
取泉九曲烹香露，
最是清友万古情[5]。

【注释】

① 大红袍，武夷山岩茶。大红袍手工制作技艺，列为第一批国家级非物质文化遗产名录。

② 九龙窠，位于武夷山风景名胜区中心部位。大红袍生长于九龙窠谷底北面悬崖上，至今已360年，现存六株。

③ 嘉木，美好的树木，茶树。唐·陆羽《茶经》曰："茶者，南方之嘉木也。"

④ 两涧三坑，武夷山产茶核心区，两涧：流香涧、悟源涧；三坑：慧苑坑、牛栏坑、倒水坑。气纵横，云气、雾气纵横。

⑤ 九曲，九曲溪。香露，茶之雅称。清友，茶之雅称。

七　绝

桃源洞[①]

2017年3月4日

巨罅悬崖一线天，
侧身拾级上山巅[②]。
紫云绕柱凌霄汉，
碧水花溪四海连[③]。

【注释】

① 桃源洞，位于福建三明永安市北，1994年列为第三批国家重点风景名胜区。

② 桃源洞，是洞非洞，为两峰山崖巨壁之间的裂隙，有宽有窄，又称之一线天，绝壁上书有“桃源洞口”。

③ 紫云绕柱凌霄汉，指“紫云低”景观和“天柱岩”所镌“凌霄劈秀”。碧水花溪，绕城桃花溪。

七　绝

鳞隐石林[1]

2017年3月7日

大湖一带石林深，
磊落情怀万古吟[2]。
洞底芽锥山上笋，
鱼鳞玉洁抱贞心[3]。

【注释】

① 鳞隐石林，位于福建三明永安市西北大湖镇，列为国家4A级旅游景区。

② 大湖，大湖镇，石林风景区有石林1.21平方千米。

③ 石林分布地表面山上和地下石洞，石林千姿百态，有石芽、石锥、石柱、石笋，拟人状物，惟妙惟肖。鱼鳞，石芽表面之鱼鳞片状。

渔歌子

建 莲[1]

2017年3月8日

自古塘池百口莲，实如凝脂尽欢颜[2]。怀素洁，濯清涟，养心固本得天年。

【注释】

① 建莲，建宁莲子，产于福建三明建宁县，始于五代。据《建宁县志》载，“西门外池，一百口，种莲。池旁遍植桃李，春夏花时，游人络绎不绝。莲子岁产约千斤，为吾国第一。”

② 尽欢颜，建莲水煮莲熟，其形不变，入口即化。

渔歌子

福鼎白茶[①]

2017年3月9日

枝密稠叶雾中生，黄绿紫霞凝[②]。春风不老，夏空苦短，十里人声。

几多竹篓盈盈里，太姥雪芽青[③]。赤眉豪气，牡丹高雅，独有清馨[④]。

【注释】

① 福鼎白茶，六大茶类之一，产于福建宁德福鼎市。其制作技艺列为第三批国家级非物质文化遗产名录。
② 白茶树分枝密，叶多且厚，色黄绿。
③ 太姥雪芽，太姥山绿雪芽茶。
④ 赤眉，白茶的品名。牡丹，白茶的品名。

如梦令

金骏眉[1]

2017年3月21日

桐木关头嘉木，春翠夏青秋绿[2]。玉指弄新芽，几番捻揉才熟。风逐，风逐，香了千山万谷。

【注释】

① 金骏眉，茶名，属红茶中的正山小种，产于福建武夷山桐木关村。

② 桐木关，桐木关村，其地势高峻，茶区海拔1200米。嘉木，茶树。

人月圆

云水谣[1]

2017年3月25日

古榕老宅炊烟绕，袅袅向群山[2]。重峦穿越，天涯海际，飘落瀛寰[3]。

小桥流水，前溪石道，梦在渔湾。云霞依旧，初心不改，怀远回还[4]。

【注释】

① 云水谣，即云水谣古镇，原名长教，位于福建漳州南靖县梅林镇。

② 村中13棵千年古榕。

③ 云水谣是著名侨乡，从明代开始向外迁移到缅甸、泰国、新加坡、印度尼西亚等国。据统计，现古籍长教的台湾人就有二十多万人。

④ 初心不改，2006年曾以云水谣人物为题材，拍摄过一部电影《初心不改》，讲述60年代一段跨海峡的爱情故事。怀远，怀远楼。云水谣古镇土楼星罗棋布，保存完好的有近百座。

满庭芳

湄洲岛[①]

2017年3月26日

南国蓬莱，海滨绿岛，秀色形似峨眉。蓝天为帐，碧水托天妃[②]。更有苍峰翠岳，芳草地，雀跃鸥飞。沙滩白，礁奇石异，丽日溢珠晖。

阵风摇浊浪，狂澜拍岸，舟楫无危。念女神妈祖，湄屿仁威[③]。顺济扶危救难，行慈善，大爱无涯[④]。风波静，千秋德泽，万众祭丰碑。

【注释】

① 湄洲岛，位于福建莆田秀屿区。全岛南北长9.6千米，东西宽1.3千米，形似娥眉。2006年，国务院批准“湄洲妈祖祭典、湄洲妈祖庙”分别列为首批国家级非物质文化遗产、第六批全国重点文物保护单位、国家4A级旅游度假区。妈祖信仰入选联合国教科文组织人类非物质文化遗产代表作品名录。湄洲妈祖信仰习俗，列为第一批国家非物质文化遗产名录。

② 天妃，历代朝廷曾敕封妈祖为“天妃天后”、“顺济夫人”、“天上圣母”等尊号。

③ 湄屿，湄洲岛湄屿峰。传说妈祖在这里归化升天，人们为纪念她，在升天古迹旁立庙奉祀。相传，妈祖生于宋建隆元年（960）三月二十三日，逝于宋雍熙四年（987）九月初九。

④ 顺济，宋徽宗时封妈祖为“顺济夫人”。

人月圆

日月潭①

2017年4月23日

绿湖苍海双潭碧，日月照空明②。玉山环水，青龙叠翠，源远渊清③。

孤浮若梦，梅荷欲绽，虫鸟争鸣④。升沉有象，晨昏是景，应了承平⑤。

【注释】

① 日月潭，位于台湾阿里山以北，能高山之南的南投县鱼池乡。旧称龙湖、珠潭、双潭。此词初稿于2010年6月29日。

② 双潭，日月潭。

③ 玉山，位于日月潭之北。青龙，青龙山，位于日月潭之南。

④ 梅荷，日月潭梅荷公园。

⑤ 升沉，日月。

后记

福建的景与物总是连着山与海，福建的人与事也总是连着山与海。山蕴涵着海之瑞气而滋润，海流淌山之血脉而律动，人依恋着山海而生生不息，传播着山海故事而漂洋过海走天涯，开辟新基业，创造新生活。

福建古为闽地，在元代分为福州、兴化、建宁、延平、汀州、邵武、泉州、漳州八路，明改为八府，总称八闽。八闽位于我国东南沿海，与自古是福建一部分的台湾隔海相望，80%以上的台湾人祖籍是福建。全世界有1580万闽籍华侨。12.4万平方公里的福建，八山一水一分田，森林覆盖率达65.95%。有13.6万平方公里的海域面积，海岸线长达3751.5公里。依山傍海，造就了农业文明和海洋文明。

几年里，工作调研，实地考察，认知、领会和感悟八闽山之绵延，海之浩瀚，人之勤劳，物之神奇，不禁生发出一种亲切、感动和敬畏。举目有景物养眼，捧读有人文引领，静思有激情荡漾。感怀愈深，诗兴愈浓，用诗用词吟咏诗情画意般的山海景物，记录灿烂辉煌的山海人文，铭之于心，刻之于骨，让其久存，化为回忆，融入生命，不断地重温和重现看不厌的山与海，写不尽的景与物，道不完的人与事。

八闽背山面海，地势起伏，山岭耸峙，奇峰林立，层峦迭翠，绵绵不绝。太姥山，“傲然东海凌波起，绵延纵横千里”；武夷山，“丹霞赤壁蓝天净，绿丛碧溪青岭”；鼓山，“青峰崇岭，巉岩幽谷，花奇木异林珍”；清源山，“飘渺三峰隐，高处云屏”；旗山，“松石插云天，林涛卷碧涟”；于山，“古木参天，亭台阁塔依山翠”；乌山，“千仞入凌霄，耳边闻海潮”。山之岭，山之峰，山之峡谷，山之洞窟，无奇不有，独特景色。鼓岭，“柳杉雾罩，朝夕烟霞道”；大王峰，“一柱擎天雄九曲，更看皇冠金銮”；后垅大峡谷，“临溪峰壁立云边，峡壑幽深涧水绵”；天鹅洞，“钟乳如鸿鹄，高翔在半空”。山之岩石纵横，石林峥嵘。菜溪岩，“冰臼阅千古，石动犹知心动，霄壁驾云登”；归宗岩，“峰屏峦嶂列青空”；鳞隐石林，“磊落情怀万古吟”。

八闽的海，波澜壮阔，浩淼无际，港湾发育，岛屿众多，礁石林立，怪石嶙峋。平潭岛，“千礁百屿，坐海立云天”，“东之岛，西之澳，北之湾，似龙盘”，岛上巨大礁石洋石帆，“海涌波翻托巨轮，如行似泊伴星辰”；东山岛，“龙象虎狮，峰峦岛屿，潮起潮落潮观”，岛上之风动石，“遗石天造神雕，历劫岿然不动”；嵛山岛，“岗岭丘峦奇石老，岩坑涧洞鬼斧巧”；三都澳，“五邑咽喉接海天”，“烈马奋蹄扬岸石，鲲鹏展翅起岚烟”。海纳百川，八闽的江河湖潭溪流，无不连着海。闽江，“清流出武夷”，“三溪穿古越，一夜入琅岐”，“弄潮东海去，波涌向天涯”；汀江两岸，“十万客家同患难，三千帆影共云霓”；九曲溪，“层峦幽谷寒泉，三弯九曲回峰绕”；翠屏湖，“山环水，水涵岛，岛浮岚”，“万顷明澈如镜，映日照星天”；台湾日月潭，“升沉有象，晨昏是景”；百丈漈，“飞流百丈玉虹悬，似锦如纱挂洞天”。

八闽地灵、物华，气候宜人，万物勃发，有自然生态之美，有人民创造之美。榕树，“如安广厦庇苍生”，“伸枝展叶，遮天蔽日，独木成林叠翠”；漳州水仙花，“十里玉盘青，岁寒独放，和梅景象，恰似春明”；漳江口红树林，“入海江湾绿共蓝”，“虬枝曲干丹心在，木榄秋茄养翠岚”。八闽“嘉木”遍野，茶香万里。大红袍，“两涧三坑气纵横，一身岩韵带溪声”；安溪铁观音，“红边镶叶美如簪”；福州茉莉茶，“烹晓露，润心头，玉英盏盏稠”；福鼎白茶，“赤眉豪气，牡丹高雅，独有清馨”；红茶金骏眉，“香了千山万谷”。

八闽的人民在这方厚土繁衍生息，守护生活环境，创新生活方式，享受着一方神奇。长汀古城，“三山环抱”，“十里城墙连翠岭，古阁楼台耸立”；三坊七巷，“接海凭山”，“尽晋唐风骨，城壕通道，明清章法，宅院连衢。七纵三横，左旗右鼓，三现三藏仙境居”；客家土楼，“大小方圆各异，高矮参差有序”，“天落青花碟，沟壑叠秋莲”；平潭石厝，“南坛鳞次，东庠栉比”，“顶风避雨，几多从容”；寿宁廊桥，“叠架构梁墩柱立”，“贯木拱廊行”，“犹厝似闲庭”；八宝印泥，“金紫点朱颜，一纸焕然神采”；寿山石，“刻篆雕龙风物异”，“种月耕云，妙手承天意”；佛跳墙，“珍鲜十八坛中熟，秀色春园共玉觞”。

八闽的一方水土滋养一方人文，古往今来有着许多的历史事件、人文故事。马尾船政遗址，“造舰建船洋务起”，马江海战场，“叹惊涛拍岸，外敌尘嚣”，“勇士独雄豪”。当年，戚继光抗倭凯旋，“风云霁，海宁波止”，在于山，“平远班师，勒国魂雄伟”；东山岛，“御敌抗倭，制夷除匪，同心携手锄奸，共守九州安”；郑成功，“挥师东渡台湾，驱荷退敌建家园”，今立雕像鼓浪屿，“掼甲顶盔持宝剑，临风踏浪岿然”。八闽的许多仁人志士曾为家国安而斗争。林则徐，长留“销烟歌韵余”；六君子林旭，独显“戊戌忠肝”；黄花岗七十二烈士林觉民，洒尽“黄花碧血”。八闽自古讲学兴文布教，书院斋堂尤盛，“引领词风，昌兴理学”，文脉连古今。朱熹，“平生求物理，精微广大，循道其间”。

八闽是红色故土，中国共产党在闽西建立革命根据地，二十年红旗不倒。古田会议载史册，“阡陌望，红旗引，雄风万里振，砥柱中流定”。毛泽东等老一辈无产阶级革命家在这里留下了光辉足迹。长汀，“几多风雷激”；辛耕别墅，“雄才伟略蓝图织”；树槐堂，“唤取军民同办学”；协成店，“长夜难眠著万言，星星之火可燎原”；三进才溪乡调查，“一语现星辰”，“百乱疏清大道循”。为民族独立和解放，十万儿女当红军，为之奋斗，敢于牺牲。瞿秋白纪念碑前，犹闻“国际悲歌雄壮”。湘江边，还见“浩气荡、忠魂不灭”。这块红土地涌现了无数的英雄模范，党和人民的好干部谷文昌，带领人民改天换地，建设绿色生态长城，“无长物，只春风”，受到人民群众爱戴，“每逢佳节追思泪，先祭谷公后祭宗”。

八闽具有多元文化，自古形成的风俗民情不断演绎，有着许多的神话、典故、民俗。在太姥山，流传着太姥的传说，“相传雪芽济世，祖尧封太姥，弘化仁瑞”；武夷山的大王峰、玉女峰，有着美丽的神话，“月池台观碧寒泉”，“印石香梳万古情”，“玉女舞云烟”，“隔溪泪眼盈”；鼓浪屿的日光岩，两石相倚而立，相传，“凤凰兴会玉宫衔”；据传安溪铁观音，“观音托梦延清友，千载人间守”。湄洲岛祭妈祖风俗传遍东南亚乃至全世界华人居住地。人们建起了妈祖庙，立起了妈祖像，“念女神妈祖，湄屿仁威”，“顺济扶危救难，行慈善，大爱无涯”。

用诗词语言对八闽景物和人文的表达，源乎其心，发乎至真，以此寄托对这片土地和人民的崇敬与热爱。格律诗词有其时代的局限，亦有其特定形式所能表达的优势，更内涵，更深沉，更玩味。其远古可溯，其厚重可量，其灵性可寻，或虚或实，亦真亦幻，惦记着、想象着。然而，人对事物的认知总是有限的，千山万水，千村万落，千秋万代，一景一物，只能是一面之雅，一得之见，何况这驾驭诗词又谈何能得心应手，以淋漓尽致。陶渊明诗曰：“奇文共欣赏，疑义相与析。”几位诗词创作和研究的朋友与之探讨分析，提供了许多好的意见，更加深了对八闽景物的理解和领悟。真诚感谢新华社原副总编辑、《中华辞赋》总编辑、当代文艺评论家、辞赋家闵凡路先生为本书作序。《八闽景物齐天乐》的出版，得到了福建美术出版社卢为峰同志和编辑们的关心，表示衷心感谢。

新居闽江畔，江潮连着海潮，是为壮观，是为隽永，曾有诗为记，以此作结：“闽江独有往来潮，去去回回夕与朝。舍得清流融大海，还收浩瀚共云霄。”

何泽中

2017年6月16日